Şehnaz Dost

ruh

Roman

Ecco

Die Autorin dankt dem Literarischen Colloquium Berlin für die Förderung im Rahmen der Autor·innenwerkstatt Prosa.

www.eccoverlag.de

1. Auflage 2024
Originalausgabe
© 2024 Ecco Verlag in der
Verlagsgruppe HarperCollins Deutschland GmbH, Hamburg
Einbandgestaltung von Ecco Verlag nach einem
Getaltungskonzept von Anzinger und Rasp, München
Einbandabbildung von Natalia A. Navarra
Autorinnenfoto von Agnieszka Sokół
Gesetzt aus der Scala
von GGP Media GmbH, Pößneck
Druck und Bindung von CPI books GmbH, Leck
Printed in Germany
ISBN 978-3-7530-0100-5

»HOW DİD YOU FİND ME HERE?
İT MUST BE PERFECT TİMİNG«

– Anderson .Paak

1/

»Meine Urgroßmutter war eine Gelehrte. Sie konnte nicht lesen, aber sie war eine Gelehrte. Sie sagte immer, man darf nicht die Sterne zählen. Sie starb, eine Woche bevor ich auf die Welt kam.«

Es ist dunkel, und er meint Georgs Blick noch deutlicher an seiner Schläfe zu spüren als im Hellen.

»Das war wie ein Erbe von ihr, ich bin damit aufgewachsen. Zähl nicht die Sterne, sonst bekommst du Warzen auf den Händen! Jedes Mal, wenn ich in den Himmel geschaut habe. Meine Schwester hat das ständig gesagt«, fügt er nach einer kleinen Pause hinzu.

»Die kannte sie noch?«

»Ja, die ist ja viel älter als ich. Beide meine Schwestern«, antwortet er und pult am Etikett seiner Bierflasche herum, bis er die Musik wahrnimmt, die von einem anderen, kaum noch sichtbaren Wiesenfleck zu ihnen herüberdröhnt.

Georg hebt seine rechte Hand, er ist wie immer links von ihm, und legt sie ihm zwischen die Schulterblätter.

Warm und schwer unterdrückt sie alle Geräusche, und er fühlt sich kurz taub.

»Auf deine Uroma«, sagt Georg und nimmt einen Schluck Bier. Cemal trinkt auch und lässt den Kopf im Nacken. Keine Sterne heute, wie zu jeder Nacht in der Stadt. Aber so auch keine Warzen.

In seinem Kopf trägt Cemal das Lied aus dem Park mit heraus, immer weiter bis zu Georgs Haustür. *Can't Stop*. Georg schaut ihn an, was er fühlen, aber nicht wissen kann. Er sieht nicht auf.

»Und?«

»Heute nicht.«

»Das war nicht die Frage.«

So ist das immer mit den klaren Sachen. Müssen nicht ausgesprochen werden, weil sie sich von allein auf überdimensionalen Silbertabletts präsentieren. Noch eine gehäkelte Zierdecke darauf, und man kann an ihrer teeigen Bittersüße verzweifeln. Klar ist es klar. Es geht seit einem Monat – in des einen Zeitgefühl schon und in des anderen nur – nicht mehr bloß um die jeweils heutige Nacht. Stattdessen geht es um alle zukünftigen Nächte. Was für ein Widerspruch, denn alle bisherigen zukünftigen Nächte sind ja mal heutige Nächte und nun auch noch vergangene Nächte gewesen. Cemal ist gut darin, solche Unstimmigkeiten im Universum aufzuspüren. Er tut praktisch den ganzen Tag nichts anderes. Beobachtet, stellt fest, behält für sich. So hat er gelernt, dass die wenigsten Menschen ihre liebevoll arrangierten Konflikte aufbrechen wollen, alles soll bleiben, wie es ist, er kann sich davon ja selbst nicht freisprechen. Aber wer hätte schon mit Georg rechnen können.

Er starrt auf die längst zugefallene Glastür. Das Licht im Treppenhaus geht aus und wieder an, ein Menschenumriss taucht auf. Georg vielleicht nochmals? Nein, eine Nachbarin. Cemal nickt ihr leicht zu, sie schaut mit zusammengeschnürten Augenbrauen an ihm vorbei, er setzt sich in Bewegung. Er weiß, dass Georg jetzt oben seine Stan Smiths auszieht, sich ein weiteres Bier aufmacht und zum Grübeln und ihm Nachblicken auf den Balkon geht. Vielleicht wie an ihrem ersten Abend, als sie sich vor der Tür nach einer Ewigkeit des Schweigens verabschiedeten, Cemal sich schließlich in Richtung U-Bahn losbewegte und nach einigen Schritten einen schrillen Laut hörte, ein Pfeifen. Ging weiter, hörte es noch mal. Blieb stehen, richtete den Blick in einer Ahnung auf die Balkonfront des Hauses. Im ersten Stock nahm Georg seine Fingerspitzen aus den Mundwinkeln und grinste breit.

Nun vögeln sie seit einem halben Jahr, und er fragt sich, manchmal, ernsthaft, womit er sein Leben vorher verbracht hat. Stimmengewirr im Herzen, nach innen gerichtete Bilder, schön und beunruhigend, zu mächtig, seine Wangen röten sich, als hätte ihm die Wahrheit höchstpersönlich eine verpasst. Unsicherheit macht üblicherweise seinen Heimweg aus. So lange, bis er, immer mit dem rechten Fuß zuerst, in seine Wohnung eintritt und der Rosavibe ihn wieder einlullt. Ekin ist inzwischen sechs Jahre alt und im Schnitt auch nur einmal die Woche oder sogar nur alle vierzehn Tage da, aber ihre frühlingsblumige Aura hat sie mit ihrem ersten Wochenende in den viel zu kühlen Altbau mitgebracht und seither nicht mehr ausziehen lassen.

Er hatte damals aus Nervosität den Schlüssel zweimal fallen lassen, bevor er es endlich zustande brachte, die Wohnungstür aufzuschließen. Gül behielt Ekin so lange geduldig auf dem Arm, die kleinen Tochterarme um ihren Hals unter dem haselnussigen hochgesteckten Haar geschlungen. Es roch frisch renoviert. Seine Prinzessin war nicht begeistert. Ihre Füße tapsten vorsichtig über den Dielenboden, als sie sich von ihren Eltern ermutigt auf das kleine Zimmer links vom Wohnungseingang zubewegte. Cemal hatte eine Fähnchenkette gekauft und ♥ E K İ N ♥ mit einem aus der Schule geliehenen Glitzerstift darauf geschrieben. Die Reviermarke hing nun über dem Kinderbett, welches exakt dasselbe Modell wie in Güls Wohnung war. Darauf eine rosa Wolke aus Kissen und Decken, darauf ein neues Stofftier. Bisschen Bestechung kann nicht schaden, hatte Cemal sich gedacht. Während die Kleine schüchtern einen Zeigefinger in die Gesichtsmitte des Oktopus drückte, blickte er zu seiner Ex hinüber.

»Tamam mı«, fragte er tonlos.

Sie atmete ebenso tonlos, aber dafür sehr geräuschvoll durch den Mund aus.

Wie bei allen Stadtmenschen schien ihre gesamte Beziehung hauptsächlich unter dem Vorzeichen von Wohnungsfragen gestanden zu haben. Ihr Unwohlsein in seiner WG, sein zugewiesener Platz auf der Couch im Wohnzimmer ihrer Eltern, das Aufspüren eines beobachtungsfreien Orts zur richtigen Zeit, Platzangst bei Massenbesichtigungen, stets ein neues Stechen bei Absagen, weil da immer so ein Gefühl zurückblieb, Stadtteildiskussionen. Letzten Endes hatte Güls Vater über Bekannte eine gepflegte Wohnung in direkter Familiennähe klargemacht. Nachdem die Mitglieder ebendieser Familie sich wieder und wieder den samstäglichen Streifzügen durchs Einrichtungshaus angeschlossen hatten, die Schwiegermutter in der Küchenplanungshölle, die Schwägerinnen ein Sofa nach dem anderen testend, der Schwiegervater unter den UV-Pflanzenlampen in der Gartenabteilung, sah sich das junge Paar einen Monat vor der Hochzeit gezwungen, auf Heimlichkeit beim Möbelkauf zu setzen. Mittwochs, wenn Gül früher aus dem Büro konnte, fuhr sie nun entgegen aller zu Hause aufgestellter Behauptungen nicht mehr direkt ins Fitnessstudio, sondern zu Cemals Arbeit, wo sie in ihrem dunkelblauen VW Golf im Halteverbot gegenüber dem Schulhof ausharrte, bis ihr Verlobter mit schnellen Schritten und ordnerschwerer Tasche auf sie zukam.

Dann schnippte sie ihre Zigarette aus dem Fenster und räumte die CD-Hüllen vom Nebensitz ins Handschuhfach. Alles Gekaufte entluden sie in der neuen Wohnung, deren Schlüssel sie bereits ihr Eigen nennen konnten, auch das war dem Schwiegervater zu verdanken.

Am Tag der Wohnungsübergabe hatten sie diesen sehr süßen Moment, nachdem der Vermieter gegangen war. Sie schlenderten durch die Wohnung, helle, riesige Fenster überall außer im Bad, dort blieben sie vor dem hässlichen Waschtisch, der unbedingt ausgetauscht werden musste und es laut Vereinbarung auch durfte, stehen und strahlten einander Reflexionen im Spiegel an. Sie waren glücklich, sie hatten eine Ahnung von der bevorstehenden guten Zeit, es war das perfekte Setting für eine kleine Nummer. Wenn also an all den Möbelkaufmittwochen nach dem Verräumen und Abmessen und gedanklich Einrichten noch Zeit war, vögelten sie wieder im Bad, um diesen sehr süßen Moment zu reproduzieren, danach fuhr Gül zum Sport, um die Passform ihres Hochzeitskleides nicht dem Zufall zu überlassen, und Cemal baute vor der Geräuschkulisse dessen, was der gigantische neue Fernseher an Programm ausspuckte, Möbel auf. Alles, was seine Hände zusammenschusterten, war ihm gleich. Die Wohnwand, die Schlafzimmerkommoden, der Couchtisch und der Schuhschrank. Alles entsprach Güls Geschmack, denn man war sich einig, dass er selbst keinen hatte. Nicht wegen der Möbel also, aber wegen allem anderen formten diese allein verbrachten Abende die neue Wohnung nach und nach zu einem Zuhause für Cemal. Rückblickend hätte er es vielleicht als dunkles Omen erkennen sollen, dass er seine erste Nacht als verheirateter Mann nicht mit Gül verbrachte. In einem Fußgängerkonvoi bestehend aus dem Brautpaar, den drei jüngeren Schwestern der Braut, dem Trauzeugen des Bräutigams und dessen jüngerem Bruder torkelte man laut flüsternd durch die Nacht auf Güls Elternhaus zu. Zum Abschied hob Gül ihr Kinn für einen Kuss an, die durch den Alkohol noch helleren Mädchen- und noch dunkleren Jungsstimmen machten Publikumsgeräusche, und im nächsten Moment fand Cemal sich allein in der Mittwochabendwohnung wieder, die er nach der Hochzeitsfeier mit Gül gemeinsam bewohnen würde. Metin und Mesut waren offenbar schon weg, wenngleich er sich nicht erinnern konnte, sich verabschiedet zu haben. Er streckte sich mittelschwer betrunken auf dem kilim im Wohnzimmer aus. Dieser Teppich war sein Lieblingsstück in der Wohnung. Die Zukunft winkte ihm wohlgesonnen zu. Die Decke drehte sich. Cemal schloss die Augen.

Im Dorf war alles, auf das er sich gelegt hatte, hart gewesen. Die karyola: die schmale Liege im Wohnzimmer der Großeltern. Der nackte Steinboden, auf dem er sich manchmal zur Kühlung ausstreckte, immer nur für zwei Sekunden, bis auch schon jemand mit ihm schimpfte, er solle nicht auf dem Boden liegen. Er verstand nie, warum.

Und sein Bett, die Matratze, die einfach nur aus Härte zu bestehen schien, darauf weitere, kleinere Härtepolster als Kissen. In der Hoffnung, es könne die Ungemütlichkeit vergessen machen und ihn zum Einschlafen bewegen, sang Selkan ihm stets ein Lied vor. Jahrelang tat sie das, bis sie eines Sommers heiratete, in ein anderes Haus zog, ihn zurückließ. Sechsjährig und allein versuchte er, sich damit zu trösten, dass er ja bereits sein ganzes bisheriges Leben von ihr in den Schlaf gesungen worden war, was doch wohl als Quelle guter Erinnerungen und des Trostes reichen musste. Er hatte zwar schon – wie es Kindern eben manchmal zu eigen ist – eine Ahnung davon, wie kurz sechs Jahre tatsächlich sein können, wenn man noch gar nicht so recht angefangen hat zu leben, und wie lang eine einzige Nacht sein kann, wenn man sich sehr allein fühlt. Und doch hofft man so jung immer auf das Beste und kann daher wohl auch die eigenen Ahnungen unbefangener ignorieren.

Jetzt ist Cemal zwar nicht alt, biologisch jedenfalls nicht, aber alt genug, um vieles besser zu wissen und keine Lehren für sein Handeln daraus zu ziehen. Der Schmerz ist derselbe geblieben. Diese große Fremdheit, die doch nichts gegen das war, was noch kam. Neue Sprache, neues alles: schrille Stimmen der Mitarbeiterinnen im Ausländeramt, dem aggressiven Summen der Mücken im Dorf bei Nacht ähnlich, das kriegt man nur mit dem Duft frisch gebackener börek, über Stunden hinweg aufgebrühtem Tee und einer Manço-Kassette wieder aus dem Kopf, aber eben nie aus dem Herzen – wieder der Schlafplatz im dörflichen Haus und seine Unfähigkeit, sich daran zu erinnern, wie die Decke dort aussah, eine Bühnenkulisse, in der es keine Decke gibt –, warum, so fragt er sich, ist dieser Teil seines Selbst nun einfach weg, das kann doch nicht sein, vielleicht heilt er sich damit, dass er die Erinnerungen vermischt und so tut, als hätte er von seinem Bett im Dorf aus damals den Sternenhimmel gesehen, dessen Bewohner er nie zählen durfte – aber an die Steine, den Staub von der karyola aus erinnert er sich noch so überdeutlich, als blickte er aus einer anderen Dimension darauf, von einem undefinierbaren Außen –, Gül schwieg, und er selbst schwieg auch, es gab ohnehin nichts zu sagen und nichts zu ändern, und wichtig ist nur, dass das Kind es irgendwie gut hat, auch wenn man das alles so nicht wollte, und man hat es irgendwie okay gemacht –, und nun ist er hier im Rosavibe seiner Wohnung nach einem weiteren viel zu guten Sonntag mit Georg und legt sich auf den Boden und schließt und öffnet die Augen, doch sie verstellen sich, als er nach oben blickt, und so schließt er sie erneut.

2/

Seine Lider trennen sich einmal und treffen sich einmal. Es ist Montag. Er reibt sich die Augen. Dienstag: Elternabend. Dieser Tag wird niemals enden. Aber dank des unüberwindbaren Konstruktes Zeit taucht trotzdem irgendwann der Mittwoch auf, dann der Donnerstag, der Freitag. Cemal blinzelt und blinzelt, aber er wird den Dienstag nicht los. Um zwei macht er Feierabend und holt sein Herz ab. Dieses Jahr wird sie eingeschult, fällt ihm ein, während er die fünf Stufen zur Eingangstür der Kita hinaufhechtet, oh Gott. Sie sitzt an einem steinerweichend kleinen Tisch auf einer steinerweichend kleinen Bank neben ihrer besten Freundin Zoe. Die beiden arbeiten an einem gemeinschaftlichen Bild, das sich nicht vom Viereck des Blattes beschränken lassen will und sich in energisch gezogenen roten und gelben Strichen auf der Tischplatte ausbreitet. Ekin sieht ihn bereits, als er noch ein paar höfliche Floskeln mit dem Erzieher wechselt. Ein Abschiedswinken für Zoe und eine stürmische Umarmung für Cemal. Jetzt ist er gestorben und im Himmel. Rosavibe.

Den Plüschoktopus mag Ekin zwar immer noch, doch ihr größter Schatz ist ein kleiner Schminkkoffer. Der existiert genau deshalb nur ein Mal und wird von Güls Wohnung zu Cemals Wohnung hin und her getragen. Sein Inhalt ist in ständigem Fluss. Mal verschwindet ein funkelnder Ring, mal kommt ein neues Puderdöschen dazu. Ekin hat einen festen Ablauf in den Verschönerungsmaßnahmen etabliert, die sich häufig gar nicht auf sie selbst, sondern auf Cemal konzentrieren. Erst lackiert sie ihm die Nägel, dann malt sie seine Wangen rot an, und zum Schluss steckt sie ihm kleine Spängchen in den Bart und schüttelt sich vor Lachen. Er kann es nicht beschwören, aber er vermutet stark, dass ihr dieser letzte Schritt der liebste ist.

In ihrem Alter hatte er keine genaue Vorstellung davon, wie sein Vater aussah. Zwar gab es Bilder: das Hochzeitsfoto seiner Eltern im Wohnzimmer und noch ein paar weitere Aufnahmen, die Kadir über die Jahre geschickt hatte. Aber diese Eindrücke waren nicht genug. Wie bei ihrer Hochzeit sahen seine Eltern da schon lange nicht mehr aus. Zum Beispiel hatte Kadir auf dem Foto mit den leicht verschoben wirkenden Farben noch eine Fülle an Haupthaar, die es auch dann schon eindeutig nicht mehr gab, als Cemal gerade laufen lernte. Ersatzweise hatte sein Vater sich einen stattlichen Schnurrbart wachsen lassen, der sein Gesicht so gar nicht mehr mit dem glatt rasierten Anblick des kolorierten Fotos in Einklang bringen ließ. Neben ihm Nurcihan, die Braut: maskenhaft stark geschminkt, ein unüberbrückbarer Gegensatz zu ihrem wirklichen Leben, in dem sie sich niemals künstliche Farbe auf das Gesicht legen ließe. Bis heute versetzt diese puppenhafte Starre Cemal in dasselbe Staunen wie vor über drei Jahrzehnten, wenn er bei Familienbesuchen das Hochzeitsportrait an der Wand im Wohnzimmer sieht. Eine fremde Realität.

Nach zwei kurzen Tagen ist Ekin zurück in ihrem anderen Zuhause und Cemal wieder im Trott. Auf dem Gang kommt ihm Herr Spittel entgegen und fordert zum Gespräch ins Rektoratszimmer auf, »gerne jetzt«. Das Büro vom Spittel ist am Ende des Korridors, man geht in großen Schritten, um schnell anzukommen, da es während des Weges nichts zu sagen gibt. Der Spittel ist zwar durchaus ein Direktor, der mal nach dem Wohlbefinden seiner Mitarbeitenden fragt, aber er tut das sehr selektiv, und Cemal gehört nie zu den Auserkorenen. Trotzdem hat der Chef sich jetzt also dazu entschlossen, ihn nicht nur zu sehen, sondern sogar nach ihm zu suchen und ihn sich zu schnappen.

Cemal war noch nicht oft im Büro vom Spittel. Jedes Mal wenn er den Raum wieder verlässt, weiß er bereits Sekunden später nicht mehr, ob man aus dem Raum sehen kann, dabei müsste es unmöglich sein, bei der dominanten Glasfront des Gebäudes die Existenz von Fenstern infrage zu stellen. Nun setzt er sich auf den ihm zugewiesenen Platz und nimmt den Ort in sich auf. Es ist doch ganz klar: Die Fenster sind rechts neben dem Schreibtisch, erstrecken sich über die ganze Wandbreite, werden an den Seiten nur ein bisschen von schlecht platzierten Ordnerregalen verdeckt. Obwohl die Sonne durch sie scheint und all den Staub im teppich- und stahlmöbellastigen Büro enttarnt, hat der Spittel das Deckenlicht eingeschaltet, das in der Raummitte und somit genau über den beiden Konferenzstühlen vor dem Schreibtisch angebracht ist. Vielleicht ist er, jetzt, wo er Cemal endlich in sein Sichtfeld genommen hat, besessen davon, jede Kleinigkeit an ihm zu erfassen. Trotzdem setzt der Chef nun erst mal seine Brille ab und schweigt für einige Sekunden. Normalerweise, beginnt er schließlich, müsse er sich keine Gedanken über Elternsprechtage machen. Dann ist er wieder still. Cemal schweigt auch, wartet darauf, dass der Rektor fortfährt. Als nichts kommt, runzelt er die Stirn, lehnt sich in seinem Stuhl nach vorne und hofft, dass das auf den Spittel wie eine Ermutigung zum Weitersprechen wirkt. Der Spittel braucht aber keine Ermutigung, er spricht, wann er will und wie er will. Als sein Schweigen gerade qualvoll genug geworden ist, setzt er von neuem an: Ihm seien da einige Dinge zu Ohren gekommen, »Herr Danisman« könne sich sicher schon denken, worum es gehe. Cemal verneint höflich.

»Nein«, wiederholt der Spittel, und es ist beeindruckend: Er schafft es, diese Silbe irgendwo zwischen Frage und Aussage zu betonen, gerade so, dass man sich verspottet fühlt, ohne es zu begreifen, nur im Unbewussten kommt es an. Er steht auf, geht am Schreibtisch und an seinem Mitarbeiter vorbei zum Schrank an der gegenüberliegenden Wand, schenkt sich einen Kaffee aus der Pumpkanne ein und verharrt einen Moment in Cemals Rücken. Das ist gar nicht so schlecht, weil es Cemal Zeit gibt, unbeobachtet mit den Augen zu rollen. Der Spittel hält sich für einen Meister der Psychospiele, dabei hallen seine Schritte noch nicht mal über Stein, sondern werden von vierzig Jahre altem Teppichboden auf ein dumpfes Klopfen reduziert. Er kehrt mit einer Tasse ohne Untersetzer zurück an seinen Platz, stellt sein Getränk auf der Schreibtischunterlage ab und setzt seine Brille auf. Nun wieder besonders scharf sehend, fokussiert er wahllos Punkte in Cemals Gesicht. Er wisse ja, sagt er schließlich, dass man sich gegen die eigenen Befindlichkeiten nicht immer wehren könne, aber an seiner Schule müsse die Professionalität gewahrt werden. Cemal fragt sich, ob dem Spittel klar ist, dass seine Wortwahl und Intonation ihn wie die obligatorische Figur des alten Offiziers in einer Peter-Alexander-Schmonzette klingen lassen – wahrscheinlich schon, vielleicht ist das Büro deshalb ähnlich schlecht ausgeleuchtet wie die »Heimatfilme« aus den Fünfzigern. Seinen Chef hingegen fragt er, was genau damit gemeint sei. Der Rektor antwortet schlicht, dass Cemal doch letzte Woche beim Elternabend »ungehalten« geworden sei, ob er das etwa schon vergessen habe. Er sagt das mit einer Selbstverständlichkeit, als wäre er dabei gewesen, als kenne er Cemal besser, als Cemal sich selbst kennt. Die Fenster sind riesig und verschlossen, lassen also Licht, aber keine Luft rein, und nicht einmal ihre Lichtdurchlässigkeit ist gewollt, sie wird durch die Halogenstrahler an der Decke verspottet. Cemal spürt den Staub, den er in den letzten Minuten in diesem schlecht riechenden, schlecht eingerichteten, schlecht beleuchteten und schlecht belebten Raum eingeatmet hat, auf seinen Stimmbändern. Wörter können jetzt nicht mehr raus, können dem Spittel nicht entgegensetzen, dass die Abmahnung, die in diesem Moment auf der anderen Seite des Schreibtischs ausgesprochen wird, nicht gerechtfertigt ist. Eine Abmahnung weswegen eigentlich? Weil er sein »Temperament zu zügeln« habe, weil »die Eltern finden, dass Sie sich um die einen Kinder mehr kümmern als um die anderen. Solche Bedenken muss man ernst nehmen und darf nicht unverschämt werden«, oder ganz banal, weil er keinen Beamtenstatus hat und Angriffe dann so lächerlich einfach zu langfristigen Schäden führen können? Der Spittel hat das Gespräch in die große Pause gepresst, die entgegen allem, was ihr Name suggeriert, nur fünfzehn Minuten dauert. Cemal muss zurück in den Unterricht. Er schluckt seinen Ärger runter, schluckt und schluckt, es schmeckt trocken und abgestanden, und geht in sein Klassenzimmer.

Jetzt ist er zu spät dran, die Kinder sind nicht mehr zur Aufmerksamkeit zu bewegen, er lässt sie sich in Gruppen zusammenfinden und gibt ihnen Textaufgaben. Öffnet das Fenster, das seinem Pult am nächsten und von den Gruppentischen am weitesten entfernt ist, damit keines der Kinder einen Zug abbekommt. Starrt raus, will so tief wie möglich einatmen, aber auch so unauffällig wie möglich. Als ob die Kids ihn jetzt noch beachten würden. Sie haben zu Beginn der Stunde eine Ahnung von Freiheit gespürt, weil sie unbeaufsichtigt waren, davon rücken sie jetzt nicht mehr ab. Cemals Brustkorb hebt und senkt sich, weil er ihn dazu zwingt, weil er seinen Körper an die Notwendigkeit regelmäßigen Atmens erinnert. Bis vier zählen und dabei Luft holen, bis vier zählen und dabei innehalten, bis vier zählen und dabei ausatmen. Nach zwei Runden ist er so weit, dass er sich den betreffenden Abend wieder vergegenwärtigen kann, ohne das Luftholen sein zu lassen. Derselbe Vater desselben Kindes fing denselben Kleinkrieg wie immer an, beäugte ihn argwöhnisch, während Cemal ein paar Worte zur Begrüßung an die Eltern richtete. Das war Phase eins. In Phase zwei, die ebenfalls wie jedes Mal dieselbe war, ging Herr Sowieso dazu über, Cemal zu unterbrechen und über Generationen hinweg kuratierte Feindseligkeiten zu platzieren – ein Mann, der alle Codes kennt. Wenn man alle Codes kennt, und immer kennen sie sie, ist der Rest ein Leichtes: Herr Sowieso gewinnt den Eindruck, nicht alleine mit seiner Meinung zu sein, dass jemand wie Cemal kein angemessener Lehrer, geschweige denn Klassenlehrer, geschweige denn Deutschlehrer sein könne, und wird zunehmend direkter. Sowieso junior könne »in so einem Umfeld« doch unmöglich was lernen. Sowieso juniors Leistung verschlechtere sich dadurch, dass die meisten Kinder in der Klasse gar nicht richtig Deutsch sprächen und »hier« nichts zu suchen hätten. Aber es sei ja nur logisch – ein »Herr Danisman« würde natürlich die »ausländischen« Kinder besser benoten. »Die halten ja alle zusammen.« Cemal spürt seine Ohren heiß werden vor Zorn, weiß aber, dass er mit Sachlichkeit nicht weiterkommen wird, will sich nicht auf eine Diskussion einlassen, muss dem Wahnsinn aber auch ein Ende setzen, die anderen Eltern im Klassenzimmer wissen schon gar nicht mehr, auf welchen Raumwinkel sie ihre verlegenen, ausweichenden Blicke noch richten sollen, und die Agenda des Elternabends ist voller wichtiger Punkte. Was tut Cemal also? Er fixiert Herrn Sowieso mit seinem Blick, schaut ihm fest in die Augen, kanak style, was Herrn Sowieso für eine Sekunde aus dem Konzept und somit punktuell zum Schweigen bringt. In genau diese kurze Pause hinein sagt Cemal gut hörbar und betont gelassen: »Sind Sie dann jetzt fertig mit Ihren Parolen. Dann können wir ja weitermachen.« Denn was Herr Sowieso nicht weiß (und was ihm wahrscheinlich auch völlig egal wäre): Eines der ersten Dinge, die Cemal in Deutschland gelernt hat, war, dass sich aufregen dürfen ein Luxus ist und sich abregen erst recht. Im Raum sind dreißig erwachsene Menschen, aber in ihrem Schweigen wirken sie alle so kindlich wie ihre Zöglinge, als deren Fürsprechende sie eigentlich hier sind. Cemal räuspert sich in die Stille und geht wieder zur Tagesordnung über, immerhin steht die Fahrradprüfung bevor.

Da er sich die luxuriöse Wut nicht gegönnt, sondern im Gegenteil: sich zusammengerissen hat, ist Cemal nicht davon ausgegangen, dass sich der Abend über seine zeitlichen Grenzen hinaus zu einem Vorfall entwickeln würde. Das ist seine eigene Schuld, er hätte damit rechnen müssen. Hat er aber nicht, Herr Sowieso hat sich beim Rektor beschwert, der Rektor hat ihn und seine Beschwerde mit offenen Armen empfangen, und hier sind wir nun. Egal, hilft ja nichts. Im nächsten Moment steht er in der S-Bahn und starrt nach draußen, im übernächsten sitzt er im Schneidersitz auf dem Boden vor seinem Sofa und schlägt das erste Klassenarbeitsheft auf.

Und wieder: blinzeln, blinzeln. Er ist über den Diktaten weggenickt. Das Telefon hat ihn geweckt, und jetzt bemüht er sich, seine Augen richtig aufzubekommen. Eine Nachricht von Georg, nicht allzu gehaltvoll, ein schlichtes: »Wie war dein Tag?«, doch das reicht schon. Erst lächelt er. Aber schon im nächsten Moment fällt ihm, das Handy so in der Hand, mit Schrecken ein, dass er heute gar nicht mit Ekin gesprochen hat. Ganz toll, Cemal. Resigniert und milde ächzend, steht er vom Teppich auf und geht zum Zähneputzen ins Bad, unvorsichtig auf Filzstiftkappen und die Ecken einiger herumliegender Hefte tretend.

3 /

Seit Kurzem träumt Süveyde mit offenen Augen. Wenn sie die Köpfe der Okraschoten abschneidet, und wenn der verrückte Hahn der Nachbarsfamilie ohne Sinn und Verstand vor sich hin kräht und, abends, wenn die Sonne untergeht und alles sich färbt. Immer nur kurz, ein schneller Blick auf das Wasser, und dann kehrt sie auch schon wieder zurück. Blinzelt den Bach weg und vergegenwärtigt sich den vielen Staub, der sie umgibt. Aufgewirbelt von allem, was über den Boden geht: Der Staub löst sich zwischen kleinen Erdklumpen und Steinen und Erdklumpen, die wie Steine aussehen und genauso hart sind und wehtun, wenn man auf sie tritt, manchmal dann aber doch auseinanderfallen. Sie bereiten Süveyde die größten Sorgen, denn sicherlich blitzen sie dem Pferd doch in die Hufe, wenn es den Wagen zieht. Aber es beschwert sich nie. Oder Süveyde nimmt es nicht wahr, denn bisher hat sie sich nicht in seine Nähe getraut, Vaters Ermutigungen zum Trotz und Mutters Warnungen zu Ehren. Das große weißhaarige Tier sieht zwar aus wie eine Wolke, aber vielleicht würde es ihm nicht gefallen, wenn ihre kleine staubbenetzte Menschenhand seine Flanke berührt, ich traue mich, wenn ich größer bin.

Es ist vier Uhr morgens, als Cemal mit diesem Satz im Kopf aufwacht. Ich traue mich, wenn ich größer bin. Ohne das Licht einzuschalten, die Nacht ist erstaunlich hell, holt er sich ein Glas Wasser und legt sich wieder hin. Weil er schlecht darin ist, den Alltag abzuschütteln, träumt er oft komische Sachen, die ihm den Unsinn, den er tagsüber erlebt, nachts in noch mal beachtlich unsinnigeren Bildern und Aktionsketten erneut zeigen. Dass sein Klassenraum in einem Telefonmast versteckt ist, an den er nur herankommt, wenn er einen haushohen Spiegel hochklettert. Dass Georg ihn schon immer als Teil eines Weltenordnung verändernden Plots belügt. So was eben. Aber vom Dorf hat er lange nicht mehr geträumt. Und von seiner Urgroßmutter hat er, solange er sich erinnern kann, überhaupt noch nie geträumt. Jetzt, da es passiert ist, ist ihm unwohl, weil gerade wegen ihr, wegen Süveyde, Träume in seiner Kindheit fast schon wichtiger waren als die Wirklichkeit. Fast jeden Morgen erzählte seine Großmutter Cevhere davon, was sie nachts geträumt hatte. Oder vielmehr von wem. Die Erinnerung daran, im Schlaf anderen Menschen begegnet zu sein, lebenden oder toten, reichte offenbar schon, um ihre Welt zu verrücken. So war auch die Schilderung einer Handlung nicht erforderlich.

»Ich habe dich in meinem Traum gesehen, Habib«, sagte sie oft und blickte ihn mal gütig, mal belustigt, mal irritiert an.

»Letzte Nacht habe ich meine Mutter gesehen«, sagte sie auch häufig. Dann schwieg sie nur mit einem kleinen Lächeln und blickte ins Nirgendwo. Hin und wieder kam es vor, dass sie sich nicht erinnerte. An solchen Tagen setzte sie zerstreut den Teekessel ab und fragte ins Nichts: »Wen habe ich bloß letzte Nacht gesehen?«

Das Träumen war ihr so wichtig, weil ihrer Mutter zu Lebzeiten eine Hellsichtigkeit nachgesagt worden war, die sich eben meist im Schlaf entfaltete. Was Süveyde träumte, passierte. Als Cevhere schwanger war, wusste ihre Mutter es, bevor sie selbst es wusste. Und dass es ein Junge würde, wusste ihre Mutter auch vor allen anderen. Die Erinnerung an dieses Familienmärchen ermüdet Cemal und regt ihn zugleich auf. Wenn Süveyde alles sah, würde er ihr am liebsten in Person vorwerfen, sah sie dann auch all das Verlassen und Verlassenwerden, das noch kommen sollte, angefangen bei ihrem ersten männlichen Nachkommen? Kadir, Sohn von Cevhere, früher Enkel von Süveyde, später Vater von Cemal, mag zu großer Opferbereitschaft fähig gewesen sein, für die Familie ins gurbet, aber ist irgendjemandem klar, so will Cemal fragen, worin dieses Opfer so wirklich bestand?

Kadir war knapp vierzig Jahre alt, als er mit einer gerade erworbenen Packung Milupa unterm Arm die Lohnabrechnung für seine neue Stelle aus dem Briefkasten herausholte, sofort prüfte und verstand: Das wird noch lange nichts mit der Rückkehr ins memleket. Er stiefelte die Treppe zur Dachgeschosswohnung hinauf, in der er schon viel zu lange mit Frau und Kindern wohnte und von der er es nicht erwarten konnte, sie endlich zu verlassen, dem Vermieter den Schlüssel mit flacher Hand auf den Schreibtisch zu knallen und sich nach einem letzten, vernichtenden Blick abzuwenden. Babayiğit style. Er schloss die Tür auf, beorderte die beiden Töchter zum Verräumen der Einkäufe (er hatte nur etwas Gemüse kaufen wollen, aber dann dieses Milupa im Sonderangebot entdeckt und – wer weiß: in väterlicher Vorfreude? – gehamstert) und bat die Frau zum Gespräch nach nebenan.

»Nurcihan, unsere Kraft wird nicht reichen«, sagte er, noch während er die Tür hinter sich schloss.

»Was?«

»Wir können noch nicht zurück, wir können es uns nicht leisten.«

Sie sagte nichts. Sie schaute auch nicht auf. Als er den Raum wieder verlassen wollte, es war ja alles geklärt, sprach sie ihn doch noch an.

»Mach du, was du willst. Aber dieses Kind wird nicht hier geboren.«

Wenn Cemal von diesem Augenblick wüsste, diesem Moment, in dem zwei Menschen aus unterschiedlichen Absichten heraus aneinander vorbeiredeten und damit den Grundstein für seine elternlose Kindheit legten, würde ihm das helfen? Er fühlt sich schon bedient mit dem, was er weiß: Sechs Monate nach diesem Nichtgespräch entbindet Nurcihan im Haus ihrer Schwiegereltern. Sie hat ihre Prophezeiung wahr gemacht und ist mit der jüngeren Tochter Selkan in die Türkei gezogen. Da Nurcihan keine Mutter, keinen Vater und keine Geschwister mehr hat, leben sie bei Kadirs Eltern und Großmutter. In dem winzigen hinteren Zimmer des Steinhauses kommt Cemal zur Welt. Und in diesem Zimmer lebt er, bis er acht Jahre alt ist. Wie ein hartnäckiger kleiner Olivenbaum breitet er seine Wurzeln aus und wächst vor sich hin, unbeirrt von allen Spuren, die frühere Bewohnerinnen des Zimmers auf dessen Boden hinterlassen haben. Erst war da die Urgroßmutter, verstorben wenige Tage vor Cemals Geburt. Als hätte sie rechtzeitig Platz für ihn machen wollen. Anschließend die Mutter, die Schwester, schließlich er selbst. Nach nicht einmal zwei Jahren reiste Nurcihan ab, alleine, zurück nach Deutschland. Seine Schwester berichtet heute noch davon, wie süß er mit seinen tränennassen Apfelbäckchen ausgesehen hatte, wenn er nach der Mutter weinte. Cemal hasst es, wenn sie das tut. Aber so, wie er in der Dachgeschosswohnung in der deutschen Kleinstadt nichts vom leisen Ehekrieg zwischen seinen Eltern mitbekam (weil er ein Embryo mit unausgereiftem Gehör war), bekam er auch nicht mit (weil er ein Eineinhalbjähriger mit einem massiven Lebensproblem war), dass Selkan stets mit ihm weinte und die Mutter nicht weniger schmerzlich vermisste.

Nurcihan war also zurück in der Dachgeschosswohnung, zurück bei Kadir und zurück bei der älteren Tochter. Büşra hatte bei Nurcihans Rückkehr gerade ihre Ausbildung begonnen, sechzehnjährig, zielstrebig, und füllte ihre Tage mit dem Übersetzen von Amtsbriefen für den Vater, dem Üben des Zehnfingersystems auf der Schreibmaschine und dem heimlichen Schwärmen für ihren Mitschüler Lars aus dem Berufskolleg. »Büşra, die schönste Bürokauffrau – was machst du bloß mit mir«, rief er ihr immer nach, wenn sie an ihm vorbeiging. Und sie verdrehte die Augen und biss sich auf die Unterlippe, um nicht zu lächeln. Vor einigen Jahren, während der Sommerferien in der Türkei, hatte büyük nene Süveyde sie einmal im Hof zu sich gerufen, mit der Hand über Büşras Haar gestrichen und gesagt, ein hübscher Mann mit hellen Augen sei ihr Schicksal. Und Lars hatte blauere Augen als jedes nazar boncuk.

Cemal ist von Büşras jugendlichen Lebenswelten genauso ahnungslos wie von Selkans mit ihm geteilter kindlicher Sehnsucht nach der Mutter, genauso ahnungslos wie von den unerfüllten Versprechungen zwischen seinen Eltern. Jetzt gerade versucht er, mit einem weiteren Schluck Wasser die Erinnerung an das Dorf und das Nicht-er-Sein und den Bach und das Pferd und alles Mögliche fortzuspülen. Lässt den Kopf zurück aufs Kissen sinken und wartet, wartet auf das gedankliche und gefühlte Nichts einer Tiefschlafphase.

4/

Wenn man Gemütsregungen auf ihre Glaubwürdigkeit hin prüft, bleiben nur Zustände übrig, die man als Säugling erlebt hat. Kein Mensch ist je wieder so ehrlich wie in seinen ersten Lebensmonaten. Um zufrieden zu sein, brauchen Babys menschliche Wärme, genug Nahrung und Schlaf. Aber mindestens zwei dieser drei Komponenten verknüpfen sich unglaublich schnell mit sozialen Bedingungen. Wer in einer armen Familie aufwächst, wird ein anderes Verhältnis zu Sättigung entwickeln als jemand, dessen Obhutgebende auf der Habenseite der Gesellschaft stehen. Ein liebloses Dasein – egal, worin es seinen Ursprung hat – wird dich nicht satt machen, das ist ein Hunger, der nicht immer mit einem leeren Magen zu tun hat. Bleibt also noch die Sache mit dem Schlaf. Der ist auch sozial abhängig, der ist auch vom eigenen Körperzustand abhängig, aber, so kommt Cemal in seiner Übermüdung nicht umhin zu denken: Das ist alles so was von egal. Auch der Spittel mit seinem Direktorengehalt wird mal drei Nächte am Stück nicht geschlafen und sich daher am vierten Morgen vor einem nicht realen Schatten an der Wand erschrocken und im Zusammenzucken den Inhalt der Kaffeetasse komplett über sich selbst und den Küchenboden verteilt haben. Auch Herr Sowieso wird ab und an ungewollt wach sein, aber der schiebt wahrscheinlich auch das wieder auf uns. Fast muss Cemal bei diesem Gedanken auflachen, während er am Abend sein kaffeebeflecktes Hemd einweicht.

Er wünschte, Ekin wäre jetzt hier. Sie beruhigt ihn in ihrer gesamten Existenz, einfach nur, weil sie da ist. Die Abende, an denen sie in seiner Wohnung einschläft, unter ihrer Fähnchenkette, sind viel zu selten. Aber wenn sie da ist, legt Cemal ihr den Plüschoktopus in die Armbeuge, deckt sie zu und tut so, als würde er den Raum verlassen, ohne ihr noch eine Geschichte vorzulesen. »Okay dann, bis morgen«, ruft er betont fröhlich und steht vom Bett auf. Kinderkreischend fängt sie immer schon an zu protestieren, bevor er überhaupt seine Beine durchgestreckt hat. »Nein, Papi, bekle! Du musst mir noch eine Geschichte vorlesen.« Er lässt sich, vermeintlich, überreden, mit demonstrativem Augenrollen und Schulterzucken, »na gut«, greift zu einem der Bilderbücher auf ihrem Nachttisch und setzt zum Vorlesen an, während sie kichert und sich an seine Seite schmiegt. Als ob nicht das schon zum Dahinschmelzen wäre, ist Ekin morgens zumeist gar nicht gut drauf. Gerade mal ein laufender Meter und das absolute Fliegengewicht, schafft sie es trotzdem, mit Türen zu knallen, und hat dabei ganz rote Bäckchen, was Cemal zum Totlachen findet. Hätte er es jeden Tag mit ihrer Schattenseite zu tun, zwischen Tasche packen und Schuhe anziehen, fände er das sicherlich weder besonders witzig noch niedlich. Hat er aber nicht, sondern nur an Wochenenden, die ja genug Zeit für die Entzerrung schlechter Laune bieten. Normalerweise läuft es dieserart: Schon um sieben steht Ekin in seinem Zimmer und verkündet, er müsse jetzt aufstehen, ihr sei langweilig. Weil er um diese Zeit aber noch kein Interesse daran hat, bringt er einen Gegenvorschlag ins Spiel: eine Geschichte und dann Frühstück. Es gibt jedoch strikte Auflagen, die natürlich nicht er bestimmt hat, darin erinnert ihn Ekin ein wenig an Gül. Die Geschichte darf nie eine vorgelesene sein – denn die sind nur fürs Einschlafen –, sondern eine von Cemal frei vorgetragene. Das Frühstück muss unbedingt Orangensaft enthalten und außerdem eine Laugenstange, von der das steinige Salz entfernt wird und die anschließend in zwei ungleich große Hälften geteilt und dick mit Butter beschmiert wird. Die größere geht an Ekin, die sie dann doch nicht ganz aufessen kann. Manchmal zieht der Vorschlag nicht, und Ekin will weder ihren Vater sprechen hören noch selbst etwas erzählen noch spielen noch frühstücken, obwohl er ihr Magenknurren lautstark vernehmen kann. An diesen Tagen schafft er es meistens, sie mit Schallplatten von Selda Bağcan zu überlisten. Diese ganze Zeremonie – das Album aus dem Regal holen, das

Vinyl vorsichtig aus der Hülle ziehen und mit Cemals Assistenz auflegen – hat Ekin schon tausendmal durchlaufen und liebt sie noch immer.

Wenn er jetzt noch länger darin schwelgt, dreht er durch. Es ist Freitagabend, aber eben in einer ungeraden Woche. Tochterlose Wochen sind immer ungerade. Der Kaffeefleck wird wahrscheinlich nicht mehr aus dem Hemd verschwinden. Cemal hört auf, an dem mit Seifenlauge durchweichten Baumwollstoff herumzureiben, und lässt ihn zurück ins Waschbecken gleiten. Ein Blick in den Spiegel. Sein Bart ist ein bisschen zu lang geworden, darum sollte er sich mal kümmern. Er inspiziert die Seitenpartien und rutscht mit dem Blick nach oben ab, sieht seinem Gegenüber in die Augen, zu lange. Ein Fehler: Kurz weiß er nicht mehr, wer er ist und was er hier soll, ein ekelhaftes Gefühl. Er ist so müde, aber es ist noch früh; wenn er sich jetzt ins Bett legt, gibt das auch nur wieder Ärger. Kurz überlegt er, nur für sich selbst ein bisschen analoge Musik zu hören, die *Nem Kaldı?* von Cem Karaca zum Beispiel hat er schon lange nicht mehr aufgelegt, lässt es dann aber bleiben. Stattdessen bisschen hier liegen, an seinem Lieblingsort. Die Person in der Wohnung oben rennt mal wieder mit erstaunlich lauten Schuhen durch die Bude, es klingt hektisch. Mit der einen Hand stützt Cemal seinen Kopf vom Teppich ab, mit der anderen holt er sein Handy aus der Hosentasche und schreibt Georg.

»Sorry, komische Woche. Bei dir?«
»Alles gut. Bin gerade bei Anne, sie sagt LG. Steht morgen noch?«

Am Samstag um genau zwölf Uhr lässt Cemal die Tür hinter sich zufallen, als Georg gerade in zweiter Reihe vor dem Haus hält. In Sachen Pünktlichkeit übertreffen sie sich gegenseitig. Cemal stellt sich immer vor, dass zu Georgs Style ein übertrieben eckiges Auto aus den Achtzigern passen würde, ein Ford Sierra mit Stufenheck vielleicht. Aber Georg ist sich seiner ökologischen Verantwortung zu sehr bewusst oder vielleicht einfach nur zu modern dafür; er nutzt Carsharing und kommt mit einem langweiligen, typisch nullerjahremäßigen Kleinwagen an. Cemal setzt die Sonnenbrille auf und steigt ein. Während der Fahrt sprechen sie kaum, genießen wortlos die Straßen und ihre allmähliche Transformation von Belebtheit zu Leere. Am See angekommen, lässt Georg sich mit einem übertriebenen Seufzer auf die Decke fallen und grinst ihn zufrieden an, bevor er in seinem Rucksack nach Gras zu kramen beginnt.

»Was war die Tage so los bei dir? Von wegen, komische Woche«, fragt er wie beiläufig.

Cemal winkt ab.

»Nur das Übliche«, antwortet er. »Wie geht's Anne?«

»Gut«, sagt Georg gleichmütig und leckt über das Paper, um es zu verkleben, steckt sich den Blunt zwischen die Lippen, hält das Feuerzeug dran, nimmt sich Zeit, wie immer. »Sie fragt, wann wir mal wieder was zu dritt machen. Hier.«

Cemal zieht und schließt die Augen für die Dauer des Innehaltens. Als er ausatmet, sieht er Georg lächeln, die Hand nach ihm ausstrecken, er will ihn gerade an der Wange berühren, aber Cemal weicht zwei Millimeter zurück. Entschuldigt sich.

»Schon in Ordnung«, sagt Georg, aber keiner von beiden scheint sicher zu sein, wie sehr in Ordnung es wirklich ist. Sie rauchen, und Georg sucht in seinem Handy nach passender Musik. Er entscheidet sich für Queens of the Stone Age, die mögen sie beide, *Suture Up Your Future*. Das Wasser glitzert und kommt Cemal furchtbar bekannt vor. Aber nicht, weil er schon mal hier war, befindet er. Etwas anderes muss es sein. Eine Scheune baut sich vor ihm auf, hier war doch das Pferd drin, vor dem die kleine Süveyde in seinem Traum Angst hatte, er hört es schnauben. Und daneben die staubige Erde, die sich in einen Bach und dann wieder in Erde verwandelt hatte, und jetzt schaut er hier auf diesen See zu seinen Füßen und denkt, das muss derselbe Bach sein, alles andere ist einfach nicht wahr. Weil seine Gedanken sich komisch anfühlen, muss er irgendetwas laut aussprechen.

»Wenn man ertrinkt, weiß man das im nächsten Leben noch«, sagt er deswegen.

»Hm?«

Cemal wiederholt sich. Er spürt, dass Georg ihn nicht versteht, aber auf sein Weiterreden wartet, obwohl er reglos mit geschlossenen Augen auf der Decke liegt.

»In dem Dorf, in dem ich geboren bin, da sagt man das so. In meiner Familie auch.«

»Ist in deiner Familie schon mal jemand ertrunken«, fragt Georg viel zu friedlich.

»Nein«, sagt Cemal, dabei lautet die Wahrheit mindestens einmal Ja. Er hatte einen Onkel mütterlicherseits, Nurcihans älterer Bruder, der während des Militärdienstes irgendwo im winterlichen Osten in einen zugefrorenen See einbrach. Das war sehr lange vor Cemals Geburt, noch bevor seine Schwestern auf der Welt waren. Und von seiner Urgroßmutter – er hat sie Georg gegenüber ja schon erwähnt, es wäre ein Leichtes – erzählten alle, dass sie häufig von ihrem früheren Leben sprach. In diesem früheren Leben habe sie geheiratet und anschließend in der Nähe eines Bachs gelebt. Eine Schwägerin, sehr viel jünger als sie selbst, habe sie gehabt. Und dieses Kind habe eines Tages am Ufer des Bachs spielen wollen, sei dann aber auf einem Stein oder Schilf oder etwas anderem Glitschigen ausgerutscht. Im Versuch, die Kleine zu retten, sei Süveyde aus dem früheren Leben ertrunken und später als Cemals Urgroßmutter Süveyde in die Welt wiedergekehrt.

Georg hat sich ausgestreckt und sieht tiefenentspannt aus. Wenn er nur ein kleines bisschen, quasi angedeutet, lächelt, sieht sein Mund aus wie ein perfekter kleiner Halbkreis, mit einer kaum sichtbaren Oberlippe, fast wie bei einer Cartoonfigur. Cemal schaut nach oben in die Baumkronen, weil da muntere Vögel vor sich hin zwitschern. Das Gesicht einer sehr jungen Frau, die er noch nie gesehen hat, ist ihm nah. Wegen ihrer Augen, nicht weil er gerade über sie nachgedacht hat, weiß er, dass es Süveyde sein muss. Sie hatte angeblich dieselbe Augenfarbe wie Cevhere: so grün, dass der dreijährige, vierjährige, auch noch fünfzehnjährige Cemal sie ewig hätte ansehen können. Immer mit der Frage im Herzen, ob es wirklich so ein Augengrün geben kann. Aber diese junge Frau, das ist Süveyde. Und sie schaut ihn mit einem Gesichtsausdruck an, den er von der Fotografie aus seinem ersten Kinderzimmer kennt, und sagt:

»Ich werde dir alles zeigen.«

5 /

In Georgs Wohnung herrschen die Dinge. Nicht auf die schlechte Art – obwohl, wenn Cemal das durchdenken würde, er sich eingestehen müsste, dass sein Blick verstellt ist –, sondern so, wie die Wohnung eines liebevollen Sammlers eben aussehen mag. Kann sein, dass die Zukunft Horderei daraus machen wird. Dass das Gesammelte sich immer unkontrollierbarer akkumulieren wird. Nicht mehr sorgfältig zu kuratieren sein und ein seinen Besitzer und Verantworter verschlingendes Eigenleben formen wird. Aber, so meinen die beiden hier Anwesenden zumindest unbewusst, das wird Georg nicht passieren. Sein Sammlertum ist das eines städtischen Mittdreißigers, der nichts dagegen hat zu arbeiten und dadurch mitbedingt mal mehr, mal weniger nah am Burn-out ist. Der gemessen an dieser zu- und abnehmenden Distanz den schönen Dingen des Lebens frönt. Zu denen eben auch die anfassbaren, geschenkten, mit Staub bedeckten, unbeachteten, strahlend neuen gehören. Die meisten davon hat Cemal noch nicht entdeckt. Zu sehr lässt er sich bei jedem Besuch erst von Georgs Vinylsammlung, dann von Gesprächen und Sex ablenken. Vielleicht braucht es ja auch gar nicht mehr, vielleicht aber auch doch, Cemal wälzt diese ziemlich sinnlose Überlegung stets aufs Neue hin und her, ohne je zu reflektieren, was dieses Brauchen eigentlich bedeuten soll. Stattdessen fragt er sich, und das schon seit seiner Jugend, ab wann jemand behaupten kann, einen Menschen zu kennen. Viel zu viele Gedanken macht er sich darüber. Immer wieder kommt er zu dem Ergebnis, dass es diesen Punkt wohl gar nicht gibt und man höchstens, nach gründlicher und beständiger Beobachtung, aus den Gewohnheiten eines Menschen ableiten kann, was diese Person mag oder vielleicht sogar liebt. An Georg hat er wegen der vielen Schallplatten in seiner Wohnung bislang beobachtet, dass ihm Musik wichtig sein muss. Ein weiterer Anhaltspunkt dafür ist, dass er Georg häufig singen hört. Georg singt, wenn er Kaffee kocht oder vor dem Rechner sitzt oder im Kiosk vor dem Kühlregal steht und nach seinem Lieblingsbier sucht. Er singt Lieder in Sprachen mit, die er gar nicht beherrscht, und genauso klingt es auch. Bei einer ihrer ersten Begegnungen trug Georg ein gerade gekauftes Album von Tonis Maroudas mit sich. Als Cemal auf die weiße Plastiktüte auf seinem Schoß schielte, in der S-Bahn, wo sonst, zog er die Platte hervor und erzählte ihm ungefragt, das Album nur wegen eines einzigen Titels gekauft zu haben, überhaupt kein Griechisch zu verstehen, aber diesen Song einfach so zu mögen, dass er ihn haben müsse. Bis heute hat Georg nicht genug von diesem Lied, denn es beschallt nervenaufreibend häufig seine Wohnung, und jedes Mal singt er mit, aber eben immer nur das eine titelgebende Wort, *Arapina*, denn er spricht ja kein Griechisch. So hartnäckig ist dieses Lied, dass es sich jetzt auch schon in Cemals linkem Innenohr verhakt hat, er manchmal zu Hause sitzt und den Titel online sucht. Nach dem ersten Abspielen generiert Autoplay jedes Mal weitere Lieder, die auch *Arapina* heißen, jedoch nicht von Tonis Maroudas sind, Georg aber sicher trotzdem gefallen würden, wenn er neben ihm säße, wie Cemal sich in diesen Momenten denkt, aber auch nachträglich nie sagt. Nicht einmal diese Kleinigkeit, nicht einmal mitzuteilen, dass er etwas entdeckt hat, das Georg gefallen könnte, kriegt er hin. Man könnte sich durchaus fragen, ob es da nicht leichter wäre, es sein zu lassen. Aber Cemal hat, und das ist nun vielleicht endlich mal sein Glück, statt ewiges Hindernis, noch nie etwas sein lassen können. Kaum eine Eigenschaft kann schlechter in einer Beziehung verheimlicht werden als diese, höchstens noch ihr Gegenteil, das sofortige Loslassen von allem und jedem. So kommt Cemal sich unangenehm transparent vor. In wie vielen beliebigen Situationen er sich schon zu verhüllen gesucht hat. Hier, in Georgs Sammlerwohnung, an seinem Schreibtisch, saß Cemal und schaute sich etwas Merkwürdiges an: eine kleine Kollektion von Steinen, die Georg auf einem Messingtablett angeordnet und mithilfe eines

Etikettendruckers beschriftet hatte. *Griesheim, Venice Beach, Wedding, Porto, Marrakech.* »Was ist das«, fragte er Georg über die Schulter in den Raum hinein. Mit seinem Halbkreislächeln kam Georg zu ihm. Er habe gelesen, es sei einfacher, sich auf Gespräche zu konzentrieren, wenn man einen kleinen Gegenstand festhalte. Seitdem, sagte er, sammle er Steine an Orten, die er mag.

»Hast du denn Probleme, dich auf Gespräche zu konzentrieren?«

»Nicht wenn ich etwas festhalte.«

Stirnrunzeln, Cemal war unschlüssig, ob ihm diese Antwort gefiel.

»Ziemlich oft sogar«, schob Georg schließlich nach und griff nach *Beyoğlu*. »Du auch?«

Bei manchen seiner Schulkinder ginge es ihm so, erwiderte Cemal, sagte aber weiter nichts dazu. Sein Gegenüber schaute ihn auf diese Art prüfend an, wie man sie nur von Menschen tolerieren kann, mit denen man entweder schon geschlafen hat oder sehr bald schlafen wird. Den Blick so zielstrebig auf Cemals Pupillen gerichtet, dass es eigentlich schon zu viel sein müsste, aber dann sind da eben noch diese dünnen Fältchen um die Augenwinkel, und wie soll man denn da wegsehen können.

Das reicht doch nicht, um sich selbst zu erklären, warum er ständig hierhin zurückkreist. In der S-Bahn starrte Cemal vor sich hin, als beim fünften Halt jener endlosen Fahrt die Türen aufgingen und Georg einstieg, ihn sofort sah, lächelte, zu ihm kam. Neben Cemal wurde ein

Platz frei, Georg setzte sich, die Tüte mit Tonis auf die Knie legend. So belanglos, so einfach, wie es manchmal eben sein kann, gerieten sie in ein Gespräch. Schlossen daran an, sich ja erst kürzlich bei Annes Geburtstagsfeier kennengelernt (»Du warst doch neulich ...« – »Ja, richtig, du auch ...«) und da bereits über Musik gesprochen (»Wer macht denn hier den DJ ...« – »Anne muss sich musikalisch echt mal weiterbilden ...«) zu haben. Und jetzt auch noch das plastikumhüllte Maroudas-Album in Georgs Hand, verrückter Zufall, die Abwesenheit von Griechischkenntnissen, nur das eine Lied auf dem Album, das Georg unbedingt haben musste, und was für ein weiterer verrückter Zufall, diese Platte gefunden zu haben, und wie erstaunlich, dass Sophia Loren hier zusammen mit Tonis Maroudas singt, und woher kann sie überhaupt Griechisch und so weiter und so fort. Cemal fühlte sich beinahe wohl, was ihn erst Stunden später, zu Hause beim Verrichten irgendeiner alltäglichen Langweiligkeit, wunderte. Vielleicht wurde es ihm da auch schon unbehaglich, vielleicht vergaß er es wieder, wer weiß das rückblickend noch so genau, jedenfalls richtete Anne bald darauf wieder einen ihrer die halbe Stadt einschließenden berüchtigten Brunches aus. Und Cemal folgte, etwas ungewöhnlich, aber unhinterfragt, der Einladung. Anne ist seine älteste Bekannte, da kann man schon mal andere, neue Gründe (das Erwarten von Georgs Anwesenheit) ignorieren, die davon sprechen, warum man nun öfter Zeit in ihrem Bienenstock verbringt als zuvor. Und dann gehen abends alle zusammen was trinken, und Lutzi und Carlo hauen nach zwei Stunden wieder ab, um den Hund nicht länger allein zu lassen, und Anne lernt beim Rauchen vor der Tür jemanden kennen, der ihr gefällt, und zieht mit ihm weiter, und dann bleiben nur noch Georg und Cemal übrig und reden über Cemals Lieblingsthema, Anadolu rock, ausgelöst durch das Portrait von Barış Manço, das oben hinter der Bar hängt, und sie reden immer weiter und lächeln immer weiter, und Cemal fühlt sich gut und will dieses Gefühl wieder und wieder und wieder erleben und fühlt, dass es dafür keine anderen Menschen außer dem vor ihm braucht, alle anderen sind nur noch lästig, er will Georg am liebsten nur noch alleine sehen, damit sich seine Worte und Blicke und Gedanken nur noch auf ihn konzentrieren und umgekehrt, er will ein Ouroboros mit Georg bauen, weil es so schön hier ist, vielleicht wird er genau dieses Empfinden später irgendwann als Sicherheit identifizieren, es fühlt sich jedenfalls so an, als wäre das möglich, und es ist so komfortabel, an dieser Stelle, hier, jetzt. Cemals Scheidung jährte sich schon fast zum zweiten Mal, da stellte sich Georg schließlich so dicht hinter ihn an das Sideboard mit dem Plattenspieler, dass er meinte, Georgs Wimpern an seinem Ohr zu spüren, auf jeden Fall war da aber wirklich Georgs Hand an seinem Nacken, und der Daumen strich beständig über seine Halswirbel, bis er es endlich fertigbrachte, sich zu ihm umzudrehen. Wie lange ist das her, warum ist er immer noch der Meinung, sich vor sich selbst erklären zu müssen, warum fiel es dir so schwer, Cemal, warum hast du es ihm überlassen, was hast du gedacht, wohin es sich entwickelt, all diese Gedanken, und so sehr macht es ihn um Antworten verlegen. Das Gegenteil einer Erklärung ist genau das hier: dass er erst vor wenigen Stunden, nachmittags am See, jeder möglichen Intimität mit Georg auswich und sich aber in ebendiesem Moment von ebendiesem schönen Menschen sein Gesicht in die Hand legen lässt, während er versucht, so leise wie möglich zu kommen.

Georg steht auf, geht am ersten Plattenregal entlang aus dem Zimmer und durch den überproportional geräumigen Flur am zweiten Regal und der Küchentür vorbei ins Bad. Eine kurze Weile bleibt er verschwunden, gerade lange genug für Cemal, um die Musik wieder wahrzunehmen, die schon die ganze Zeit läuft. Das ist eine Sache an ihm selbst, die Cemal immer noch Rätsel aufgibt: Wenn er mit jemandem schläft, verschwinden die Töne, er nimmt nicht einmal mehr die Lieder wahr, die er besonders liebt. Danach kommen die Töne wieder. Georg blendet seine eigene Playlist auch aus, er schafft es, parallel zu den Beats aus dem Lautsprecher andere Klänge vor sich hin zu summen. Cemal hört ihn schon vom Flur aus, wie er den Takt von Freddie Gibbs' *Big Boss Rabbit* einfach ignoriert und konträr dazu einen melodisch stark verschobenen Vers aus *Suddenly Seymour* wiederholt, den Cemal schon kennt, weil Georg auch das oft tut. Er kommt zurück ins Schlafzimmer und trägt in jeder Hand ein Glas Wasser. Auch das gehört zu ihrer Routine. Georg bringt ihm immer Wasser mit. Am Anfang machte er auch daraus ein Lied: »Gotta stay hydrated oh yeah yeah yeah hydrate yeah yeah«, brachte sich selbst und Cemal zum Lachen, inzwischen sind sie so vertraut miteinander, dass sie nichts überspielen müssen. Deswegen vermutet Cemal, ohne sich gewiss sein zu können, dass Georg ein beneidenswert entspannter Mensch ist, im einen Moment Begehren und Bindung an seinen Partner verschenkt und im nächsten Moment Musik aus einer entsetzlich albernen Horrorkomödie in seinem Kopf abruft. Cemal trinkt sein Wasser, während Georg zum bestimmt fünften Mal nacheinander immer nur diese eine einzige Zeile aus Rick Moranis' Gesangsrepertoire murmelt, sich schließlich selbst unterbricht und sagt: »Ich hab jetzt voll Bock, den Film zu sehen. Du auch? *Little Shop of Horrors?*«

Diese Entspanntheit. Davon kann man noch was lernen. Cemal kann mit der Idee, sich jetzt noch ein überdrehtes Comedy-Musical anzusehen, überhaupt nichts anfangen, aber: diese Entspanntheit. Er sagt endlich mal, ohne zu überlegen, Ja.

6/

Weil Freitag ist, zündet sie Weihrauch an und betet. Vor neun Tagen hat sie zum ersten Mal, seit ihre Tochter auf der Welt ist, geblutet. Nach sechs Tagen war es vorbei, sie wusch sich und sprach leise: »Die Sonne ist über mir, und der Mond ist über mir.« Aber in der Nacht darauf kam wieder ein wenig Blut. Danach hat sie zwei Tage gewartet, um ganz sicher zu sein. Auch wenn sie nicht warten soll, aber Ungeduld schien ihr nutzlos, und die Wasserpumpe geht so schwer, das ist immer noch sehr anstrengend. Dann schien es wirklich vorbei zu sein. Nochmals: »Die Sonne ist über mir, und der Mond ist über mir.« Cevhere ist eingewickelt in ihr Tuch, nur das kleine zarte Gesicht ist vom Kokon unbedeckt. Ihre Wangen sehen aus, wie die Wangen eines gesunden Babys aussehen sollten, kugelig und rosa. Sie schläft und macht Babygeräusche. Süveyde setzt sich auf die Kante der karyola und will sich jede einzelne Wimper, die runde Nasenspitze, die eingezogene Unterlippe ganz genau ansehen, bevor sie vorsichtig die Hand über den leichten

Flaum auf Cevheres Schädel legt und *die Eröffnende* rezitiert. Ihr Blick weicht nicht ab, sie spricht und schaut. Alles an dieser kleinen Person will sie auswendig lernen. Dieses Gefühl, das sie ihrem Kind gegenüber verspürt, ist so groß, dass es Cemal fast aufweckt. Nur fast. Süveyde ist ungefähr zwanzig Jahre alt, ein knappes halbes ist sie Cevheres Mutter und seit etwa drei ist sie Yakups Ehefrau, den sie schon ihr ganzes Leben kennt. Was für ein Glück, vom Elternhaus nur wenige Schritte machen zu müssen, um im neuen Zuhause anzukommen. Sie war traurig, als sie auszog, aber nicht sehr, weil alles sichtbar und greifbar blieb. Als sie das erste Mal schwanger wurde, freute sie sich darüber, wie einfach es war, die Neuigkeit zu ihrer Mutter zu tragen. Als sie die Fehlgeburt hatte, war sie dankbar, dass Mutter es wie von alleine erfahren und zu ihr kommen würde. Bei der zweiten Schwangerschaft war ihr erst die Nähe egal, denn sie hatte hauptsächlich Angst, und dann die Ferne, wenige Tage nachdem es wieder passiert war. Denn mitten in der Nacht war das Elternhaus nicht mehr eine nur kurze Distanz entfernt, es hätte genauso gut weit weg am Ufer jenes Bachs stehen können. Für eine verheiratete junge Frau gehört es sich nicht, ihre Eltern ständig zu besuchen, erst recht nicht zu so einer merkwürdigen Uhrzeit. Aber Süveyde war egal, dass der Mond, nah und riesig, die Nacht nicht dunkel werden ließ. Das Weggenommene ließ sie nicht schlafen und auch nicht still liegen, sie wollte zurück, also ging sie über die Steine und den Staub vom einen Haus zum anderen. Das Tor zum Hof war nicht verschlossen (Vater vergaß das häufig), die Haustür aber schon (Mutter prüfte das jeden Abend), sie musste nicht daran rütteln, um zu wissen, dass sie nicht hineingehen konnte. Jetzt war sie doch ein bisschen froh über die unwirkliche Helligkeit, die es ihr ermöglichte, in die Scheune zum Pferd zu gehen, ohne zu stolpern. Bei ihrer Rückkehr saß Yakup mit angezogenen Knien und darauf abgestützten Unterarmen und wiederum darauf abgestützter Stirn auf dem Bett. Nun hob er den Kopf, sie starrten sich an, Süveyde liefen Flüsse aus den Augen, Yakup war entweder wütend oder weinte vielleicht auch ein bisschen oder vermutlich beides, sie konnte es nicht erkennen, in der Tat war es ihr ziemlich egal – und das war alles, was passierte. Sie haben nie darüber gesprochen. Aber als Süveyde mit Cevhere schwanger war und es nicht mehr geheim halten konnte, wurde auffällig viel in diesem Haus gebetet. Die Schwiegereltern, der Mann, sie selbst. Weil sie es geträumt hatte, wusste sie, dass es diesmal klappen würde. Deswegen immerzu Weihrauch, aus Dankbarkeit, Cemal, du kennst diesen Geruch doch noch aus deiner Kindheit, tu nicht so, als hättest du ihn vergessen, und wenn dir morgen früh das Sehen Mühe bereitet, weißt du, dass es am Staub, an den zerfallenen Steinen liegt.

7/

Verdammt, kann das Leben wirklich so einfach sein. Der Film ist witzig und nervtötend zugleich, Ellen Greenes Stimme, Rick Moranis' Blick. Georg lacht immer wieder zufrieden auf, aber so leise und so stetig in den Schlaf gleitend, dass Cemal versteht: Er muss diesen Unsinn schon tausendmal gesehen haben. Nach vielleicht vierzig Minuten hört das Lachen endgültig auf. Er ist tatsächlich eingeschlafen, während Cemal sich an Reizüberflutungen wach gesehen hat und nicht ausmachen kann. Jede weitere Szene, die sich vor ihm auf dem Bildschirm abspielt, gibt ihm das Gefühl, ein Stück mehr Wissen über Georg zu erlangen. Der neben ihm zusammengerollt wie eine Katze auf dem Sofa liegt und wer weiß wie tief in die Schlafwelt eingetaucht ist. Cemal fährt mit der Hand über Georgs Rücken, flüchtig. Ist es nicht so, dass sich der Humor eines Menschen über die Jahre kaum verändert, so im Wesentlichen? Georg hat bestimmt schon als Kind über diesen Film gelacht. Seine Mutter machte Popcorn für die ganze Familie, reichte ihm eine Cola und seinem Vater ein Bier, und dann saßen sie zu dritt vor dem Fernseher, verfolgten Moranis bei seinem konfliktbeladenen Verhältnis zu Audrey II und lachten herzlich. Zur selben Zeit – nicht wirklich, aber der Einfachheit halber –, vor fünfundzwanzig Jahren, lebte Cemal bereits in Deutschland, und nichts war ihm ferner, als mit seinen Eltern über irgendetwas zu lachen. Die Eltern hatten aber selbst offensichtlich auch keine Lust darauf, denn man war so gut wie nie zu dritt in einem Raum. Höchstens beim Abendessen, aber da wurde weder ferngesehen noch geredet. Sie aßen, danach räumte die Mutter den Tisch ab, der Vater stapfte durchs Treppenhaus, um draußen eine zu rauchen, der Sohn verzog sich in sein Zimmer und nahm Mixtapes auf, statt Hausaufgaben zu machen.

Im Dorf waren alle Geräusche so anders gewesen. Immer laut, aber nicht auf diese Art, dass er ständig sein Herz im Hals spürte. Schöner als hier, er war sich dessen sicher, hörte selbst Jahre nach seiner Ankunft noch alles. Seine Cousins und Cousinen, die Tanten und Onkel, die Großtanten und Großonkel in den umliegenden Häusern, erst Selkans Gesang und später das Geheule ihrer Neugeborenen, winzige Zwillinge, die permanent miteinander um die Wette brüllten, bis Selkan aufgab und wieder ans Bettchen der Kleinen ging, erst ihrem kleinen Bruder ein Baby in den Arm legte und dann das zweite selbst trug. Im Schneckentempo spazierten sie durch die Wohnung, bis die

Kleinen einschliefen, meist gefühlte Sekunden bevor Selkans Mann von der Arbeit nach Hause kam, und das Aufschließen und Zufallen der Eisentür trotz aller Vorsicht Cemals Neffen aufweckte und alles wieder von vorne losging. In Deutschland ließ der Beton die Autos anders klingen, als er es gewohnt war, es gab keine Hühner, keine Straßenkatzen, niemand rief durch die Gassen, um frisches Gemüse oder Gas für die Herde und Boiler zu verkaufen, stattdessen wohnten unfreundliche Menschen nebenan, nur durch dünne Wände von ihnen getrennt, und wenn man sich zufällig im Hausflur begegnete, tat man so, als kennte man sich nicht. Auch wenn er schon sein halbes junges Leben in dieser kleinen süddeutschen Stadt lebte, konnte Cemal sich nicht an die hiesige Welt gewöhnen.

So nahm er Kassetten auf. Viele, viele Kassetten. Seine Eltern ließen ihn machen, es schien ihm untypisch, aber er war zu froh darüber, um es zu hinterfragen oder sich allzu sehr zu wundern. In seinem Zimmer stand ein Recorder mit zwei Decks, der selbst in den Neunzigerjahren als längst überholt galt. Wenn samstags der Lebensmittelkauf anstand, kam Cemal stets widerstandslos mit, da es im türkischen Supermarkt einen Bereich mit Kassetten aktueller Musik gab. Bei Ankunft im Laden trottete er zunächst brav seiner Mutter hinterher – sein Vater war immer schon Sekunden nach dem Durchqueren des Drehkreuzes am Eingang unsichtbar, wie in Luft aufgelöst –, verlangsamte zunehmend seinen Schritt auf kurz vor Stillstand, bis Nurcihan sich unbestreitbar nur noch auf die benötigten Lebensmittel für die nächste Woche konzentrierte und es ihr egal war, dass sie sich nicht mehr als geschlossene Familie durch den bakkal bewegten. Dann fiel Cemal vollständig zurück und nahm die nächste Abbiegung nach rechts, um auf das Regal vor den Kassen zuzusteuern. Dort stand er so lange rum und checkte alle Kassetten aus, bis sich irgendwann Kadir neben ihm materialisierte, nach einer Zeitung griff und ihm scheinbar beiläufig sagte, dass es Zeit zu gehen sei. Manchmal fragte sein Vater aber auch, was er denn nun schon wieder aufgestöbert hätte. Cemal hielt ihm dann die durchschnittlich drei neuen Alben hin. Kadir warf manchmal einen Blick auf die Cover, manchmal auch nicht und murmelte: »Na gut, eine kannst du mitnehmen, den Rest stellst du zurück ins Regal.« Es durfte nie mehr als eine Kassette sein, aber diese eine war alle paar Wochen drin. Einmal kam es sogar vor, als Cemal ein paar Tage mit Fieber im Bett lag und sich nicht bewegen konnte, dass Kadir ihm von alleine Musik mitbrachte. Die war dann zwar gar nicht Cemals Fall, aber zum Übergängebauen gut genug. So ließ sich ein solides Repertoire anlegen. Nurcihan schimpfte immer, wenn sie Cemals Zimmer aufräumte und überall Kassetten rumlagen, Originale und Mixtapes. Über die Jahre fand eine schleichende Verschiebung statt, und auf einmal wurde sie sichtbar: Jetzt regte Cemal sich über seine Mutter auf. Denn meist räumte sie während ihrer Tiraden die Kassetten in Hüllen und stellte sie ins Regal, aber immer war alles falsch, weil sie nie darauf achtete, welche Kassette in welche Hülle gehörte. Nachdem er das Gröbste der Pubertät hinter sich gelassen hatte, verschob sich erneut etwas, und Cemal fing allmählich an, genau das witzig zu finden. Dass sie Tag um Tag über dasselbe zornig wurde, dass ihre Aufräumwut so mächtig war, dass sie Sinn und Verstand abschaltete. War das nicht witzig? Und war es nicht witzig, dass alle anderen Mütter in allen anderen Wohnungen am Bächleplatz, über den verdammt nochmal bis heute gesagt wird, da habe alles »so ein Geschmäckle«, sich genauso über die Unordnung in den Zimmern ihrer Söhne aufregten und beliebig Dinge wegräumten, kaputt putzten, entsorgten? Tuncays Mutter war genauso, Sinans Mutter war genauso. War das nicht witzig?

Nein, war es nicht. Cemal spürt es bis heute tief in seinen Knochen, wie unfassbar nicht witzig das alles war, wie unerklärbar es sich anfühlt. Wie schon seinerzeit bei Gül hofft er, dass Georg ihn nie ausgiebiger nach seiner Familie fragen wird, und wie um ihm zu sagen: Schmink dir das ab, mein Bester, zuckt Georgs Fuß im Schlaf einmal kräftig und weckt ihn auf. Georg braucht eine Sekunde, bis er sich vom Schreck erholt, den sein eigener Körper ihm verpasst hat, und entschuldigt sich dann bei Cemal dafür, dass er eingeschlafen ist.

»Macht nichts«, sagt Cemal. »Hast den Film wahrscheinlich schon tausendmal gesehen, oder?«

»Ja«, sagt Georg, »das erste Mal mit Anne im Studikino, ist seitdem so ein Ritual zwischen uns. Sag ihr bloß nicht, dass wir den Film ohne sie geschaut haben!«

»Nein, mach ich nicht«, antwortet Cemal und lächelt ihn müde an.

8/

Der Abend wird spät mit einem Streit enden. Cemal wird in einem Uber auf dem Weg in seinen Kiez sitzen und sich klammheimlich, nur nach innen gerichtet, aufregen, um der Person hinterm Steuer keine Angst zu machen. Es gibt überhaupt keinen Grund für diesen ersten, wenn auch kurzen Krach, außer dass Cemal ein anstrengender Mensch ist, jedenfalls in Beziehung zu Georg. Sie sehen sich die letzten Minuten des Films gemeinsam an. Nach dem Abspann dröhnt Cemals Kopf ein wenig, und um dem entgegenzuwirken, will er ein Gespräch beginnen: »Was hast du dir sonst noch im Studikino mit Anne angesehen?«

»Alles, was lief. Da war so viel Scheiß dabei«, antwortet Georg, »dass uns die Filme eigentlich egal waren. Es war einfach eine gute Gelegenheit, was zu lachen zu haben und sich regelmäßig zu sehen.«

»Ja, Anne ist gut in sowas. Verbindlich.«

Georg will wissen, wie Cemal und Anne sich angefreundet haben.

»Anne ist einer von diesen Menschen, die den Mund aufmachen, wenn sonst niemand Bock hat. Weißt du, was ich meine?«

Georg schweigt, weil er inzwischen gelernt hat, dass Cemal lange Pausen zwischen seinen Sätzen macht und es ihn aus dem Takt bringt, wenn man sein Weitersprechen nicht abwartet und seine rhetorischen Fragen beantwortet.

»So war sie schon immer. Wir sind ja zusammen zur Schule gegangen, und die Lehrer haben mich oft gemobbt, Anne hat sich immer eingesetzt. Einmal hat sie sogar dem Mathelehrer direkt gesagt: Ich hab von Cemal abgeschrieben und nicht umgekehrt – warum kriegt er eine Sechs und ich nicht«, erzählt Cemal und lacht. »Spätestens da waren wir befreundet. Weißt du, so einen Menschen, wie Anne einer ist, muss man erst mal finden. Aber Anne, die ist so. Die Abizeit und dass wir nach der Schule den Kontakt gehalten haben – das habe ich mit niemand anderem geschafft.«

Nach der Schule, als Cemal sich für Deutsch und Mathe einschrieb und Anne großes Interesse an einem Biologiestudium hatte, es aber nach drei Semestern abbrach, um die Welt zu bereisen. Während der zwei Jahre, in denen Anne in Ecuador und Peru und wo nicht alles war und man zwar nie telefonierte, sich aber jedes Mal sah, wenn sie auch nur kurz, für Weihnachten oder den achtzigsten Geburtstag ihres Großvaters, nach Hause kam. In der Zwischenzeit mühte Cemal sich weiter durchs Studium. Der Stoff war nicht schwer, aber es war anstrengend, immer aufzufallen, und seinen Noten half es auch nicht. Also versteckte er sich hinter seiner Hornbrille, legte sich einen gescheitelten Schuljungenhaarschnitt zu, trug nie Bart und ging der Sonne aus dem Weg. Alles davon hätte er auch genauso gut lassen können, das wusste er, aber dass er manchmal für einen Spanier gehalten wurde (»Das hätte ich nicht gedacht, dass du Türke bist! Wirkst gar nicht so!«), ließ ihn dann doch wieder jeden Morgen zum Rasierer greifen.

Als Cemal das Referendariat begann, war Anne zurück in Deutschland. In Lima hatte sie einen Fabi kennengelernt, sich ihm auf seiner Rückreise nach Deutschland angeschlossen und war direkt in seine WG eingezogen. Schnell war Schluss, aber trotzdem war alles gut, sagte Anne Cemal damals am Telefon. Fabi war zwar zurück zu seiner Ex gegangen, doch das hatte wenigstens dafür gesorgt, dass er aus lauter schlechtem Gewissen und Bequemlichkeit Anne sein Zimmer überließ, als er sich für die Nichtmehr-Ex entschied. Anne nahm sich vor, endlich was aus ihrem Talent zu machen, ein Portfolio anzulegen, sich auf den Studiengang Kommunikationsdesign zu bewerben. Und Cemal zu überreden, die Provinz nun auch endlich sein zu lassen, in die große Stadt zu kommen.

»Und dann?«

»Und dann habe ich es gemacht.«

Georg lächelt. Cemal auch, ein bisschen. Er will nicht weitererzählen. Denn er ist ja nicht einfach so quer durch die Republik gezogen, weil seine älteste Freundin ihm das ein paarmal vorgeschlagen hat. Er musste nun mal Distanz zwischen sich und seine Eltern und deren befreundete Familien, zwischen sich und seine Freunde, zwischen sich und die immer selben grauen Häuser und Straßen und Gesichter und Stimmen bekommen, was soll man weiter dazu sagen. Georg könnte das vielleicht verstehen, ein Stück weit. Er wird ja auch schon mal etwas und jemanden zurückgelassen haben. Aber dann wird er bestimmt auch Fragen stellen zu alldem, zu diesen Menschen. Lieber schweigen, lieber die Hand ausstrecken und einmal kurz unverbindlich Haut berühren.

Georg gibt sich nicht zufrieden. Er richtet sich auf dem Sofa neu aus, rückt näher.

»Und dann«, fragt er wieder.

»Nix und dann. Jetzt bin ich hier.«

»Jetzt bist du hier.«

Georg wird sich weiterhin nicht zufriedengeben. Es ist mittlerweile tiefdunkel in der Wohnung, sie haben nach dem Ende des Films das Licht nicht angemacht, sind stattdessen auf dem Sofa eingeschlafen wie ein altes Ehepaar. Cemals Nacken hat sich versteift, die Armlehne ist ein schlechter Kissenersatz, und er liegt in einem unbequemen Winkel. Er versucht, vorsichtig seinen Unterarm von Georg zu befreien, ohne ihn zu wecken. Doch Georg schläft überhaupt nicht mehr.

»Warum erzählst du nie was über dein Leben«, sagt er leise. Es hört sich nicht nach einer Frage an.

»Du hast doch eine Tochter, warum erzählst du nie was von ihr?«

Erst versucht er auszuweichen. Es ist spät, morgen ist Arbeit. Dann versucht er, Fakten aufzuzählen. Sie ist sechs, sie besucht mich jede zweite Woche, sie ist echt süß. Dass das nicht ausreicht, müsste er sich selbst auch denken können, aber er will es anders sehen. Er will es so sehen, dass Ekin in ein Leben gehört, mit dem Georg nichts zu tun hat, was bedeutet, selbst wenn er das nicht sagt, dass Georg mit diesem anderen Leben nie etwas zu tun haben wird, dass er selbst das andere Leben ist, und wenn jemand schlau genug ist, das ohne direkte Worte zu verstehen – dann Georg. Er rückt von Cemal ab, um ihn ansehen zu können, Dunkelheit hin oder her.

»Cemal, nur weil du mir ein bisschen was über dein Kind erzählst, heißt das nicht gleich, dass ich sie adoptieren werde. Mich interessiert einfach dein Leben, sonst ist doch nichts weiter.«

»Warum interessiert dich das«, fragt Cemal mit etwas zu lauter Stimme. Als hätte man ihn etwas ganz anderes gefragt, ihn dazu aufgefordert, etwas wirklich Elementares von sich zu geben, seine Wohnung oder eine Niere oder ein anderes Organ, das nicht doppelt vorkommt.

»Was spielt das für eine Rolle, wie meine Tochter heißt oder wie alt sie ist oder sonst was?«

»Cemal, wie sie ist und was du an ihr gernhast, das spielt doch eine Rolle.«

Was für eine Wortwahl, will Cemal sagen. Niemand, der Kinder hat, hat sie einfach nur gern, will er sagen. Du hast halt keine Kinder, will er sagen, du kannst es nicht verstehen. Aber er sagt es nicht, er weiß, dass dann ein: Ja, deswegen frage ich dich doch, damit du es erklärst, kommen würde. Cemal will nichts erklären, jetzt gerade will er überhaupt gar nichts mehr. Nicht hier sein, nicht woanders sein. Am besten gar nicht mehr sein. Nun sagt er es doch: »Was geht dich das denn an.«

Und das sitzt, auch wenn es ihm keine Erleichterung verschafft. Georg sieht, selbst im Dunkel des Wohnzimmers noch erkennbar, genauso getroffen aus wie erwartet, wie in zwanghaften Fantasien ausgemalt.

»Ach komm, Cemal«, sagt er. »Fuck off.«

»AND İF SOMEBODY GOTTA FALL, İ'MA DO İT FIRST«

– Black Milk

9/

Er ist im Zimmer seiner Geburt. Er blickt auf die Wand vor ihm, auf den Holzstuhl, der schon vor dreißig Jahren nur noch durch ein Wunder zusammengehalten wurde. Darüber hängen Fotografien verstorbener Verwandter. Cemal wird sich später erinnern, dass der Traum ihm hier einen Streich gespielt hat, denn die Bilder sind viel zu niedrig, auf Augenhöhe. In Wirklichkeit waren sie direkt unter der Decke angebracht, den Gewohnheiten in der Gegend entsprechend. Die Stelle, an der Süveydes Portrait sein sollte, ist leer. Die Wand ist hier ein wenig heller – Cemal deutet das als Beleg dafür, sich Süveydes Bild all die Jahre nicht eingebildet zu haben. Neben ihm steht das schmale Bett, in dem sie starb. Er geht in die Hocke, um sich den Überwurf auf der karyola aus nächster Nähe anzusehen. Wenn ihm langweilig war, an den meisten Tagen der Fall, fuhr er mit dem Finger die Stickerei aus weißlichem Garn auf dem blasstürkisen Stoff nach. Suchte sich immer einen Schnörkel in der Mitte aus, dessen Pfad er bis zum Saum verfolgte. Das macht er jetzt auch. Als er sich vom Fußende aufrichtet, ist Süveyde im Raum. Sie sitzt auf dem Stuhl und nickt ihm zu. Beide Hände hat sie auf den Griff ihres Gehstocks gelegt, den sie aufrecht hält wie eine haptisch gewordene große Eins.

»Setz dich, Habib«, sagt Süveyde.

Cemal gehorcht.

Sie lächelt.

»Du bist noch ein Kind.«

Ihrem Blick standzuhalten, ist schwer. Cemal senkt die Augen auf seine Fingerwurzeln, auf das Muttermal, das er im linken Handteller trägt. Er hätte ihren Handrücken küssen sollen, warum fällt ihm das erst jetzt ein? Er traut sich aufzusehen. Süveyde winkelt die Arme an, zieht Gehstock und Oberkörper näher zueinander und steht sehr langsam auf. Sie geht hinaus, ohne ihren Urenkel nochmals anzusehen, und nimmt das Zimmer mit. Cemal hat keine Zeit, sich darüber zu wundern, vor ihm breitet sich bereits ein anderer Ort aus.

Es ist der Orangenhain, auch wenn er noch nicht das ist, was er in Cemals Kindheit sein wird. Süveyde ist wieder jung. Sie sitzt mit Cevhere unter einem Baum und blickt zu Yakup, der mit einer Schale Wasser aus dem Steinbecken holt, ein paar Schlucke davon trinkt und den Rest über seinem Kopf ausschüttet, bevor er zurück an die Arbeit geht. Um Süveyde herum scheinen alle mit Arbeiten beschäftigt zu sein, während sie freigestellt ist.

Cevhere ist noch sehr klein und scheint allen hier das Kostbarste zu sein, jedenfalls hat Süveyde den Segen von Schwiegermutter, so viel Zeit wie möglich mit dem Kind zu verbringen. Seit einer Weile befürchtet sie allerdings, dass die schon Monate währende Erlaubnis zur Ruhe für Groll sorgen wird. Von ihren Schwägerinnen nimmt sie bereits eine leise Ungeduld wahr.

Yakups jüngere Schwestern waren noch sehr klein, als Süveyde ins Haus kam. Erst machte ihr das ein wenig Angst, sie erinnerten sie an das ertrinkende Kind. Sie hielt Abstand, sie gewöhnte sich an ihre Anwesenheit. Die Schwägerinnen wuchsen von Kleinkindern zu Mädchen zu jungen Frauen heran, auch sie hielten Abstand, aber sie gewöhnten sich nicht an diese neue Person. Es ist Süveydes Schuld. Sie trug eine Mauer vor sich her, und als Cevhere kam, holte sie das ein. Ihr Kleines wurde geboren, und Süveyde lag in den Tagen darauf neben ihm und weinte, egal, was es tat. Cevhere weinte, Süveyde weinte. Cevhere schien fröhlich, Süveyde weinte. Sie brauchte eine Woche, um sich zu fangen. Und das war zu lang.

Wenn sie doch nur noch wüsste, ob sie in ihrem letzten Leben umgänglicher war, ob sie Freundinnen in ihrer Schwiegerfamilie hatte. Sie muss an die Kleine denken, die sie gerettet hat. Und an das Wasser. Sie wiegt Cevhere in ihrem Schoß und schließt die Augen. Es ist schmerzhaft, immer wieder an diesen Bach zu denken, in dem sie ertrunken ist, aber sie kann nicht anders. Sie dankt

Gott jeden Tag für Cevhere, denn ohne das Kind würde sie den Verlust irgendwann nicht mehr aushalten und versuchen zurückzukehren. Auch wenn das unmöglich ist und eine große Sünde noch dazu.

»Ich bin hier«, murmelt sie sich selbst deswegen immer wieder zu. Manchmal fragt sie sich, ob Yakup sie hört und für verrückt hält. Wenn sie den Gedanken nur einmal aussprechen könnte, wäre er vielleicht nicht mehr so schlimm. Süveyde hat es versucht, sie wollte schon oft mit Mutter darüber reden und ist jedes Mal erfolglos geblieben.

Süveydes Mutter ist wie alle Mütter im Dorf. Sie ist streng, weil sie immer an alles denken muss. Gutmütig, wenn sie es für angebracht hält. Und schlau, so schlau. Aber sie hat trotzdem nicht als Erste bemerkt, dass Süveyde sich an ein früheres Leben erinnern kann. Vater war das. Ihm fiel auf, wie sie immer häufiger aufhörte zu tun, was sie gerade tat, und ins Leere starrte. Es wurde gefährlich: Ständig schnitt sie mit dem Messer in die eigene Hand statt ins Gemüse, weil sie nicht aufpasste, stolperte, weil sie nicht aufpasste, ließ das jüngste Geschwister viel zu nah ans Feuer tapsen, weil sie nicht aufpasste. Sie fing an, im Schlaf fremde Namen zu rufen, nach Luft zu schnappen, es sah nach mehr als schlechten Träumen aus, es ließ sich nicht mehr ignorieren. Sie brachten sie zu einem Gelehrten, sodass er ihr die Sterne las. Er musste ihr nur einmal in die Augen sehen, um den Verdacht zu bestätigen: Süveyde plagten Erinnerungen an ihr früheres Leben, die sie nicht vergessen konnte, weil sie ertrunken war. Für Süveydes Eltern war das keine leichte Erkenntnis. Ein wiedergeborenes Kind ist sehr schwer zu erziehen. Die Erinnerungen stehen allem im Weg. Dennoch hatten sie Glück: Süveyde konnte sich zwar erinnern, aber ihre frühere Familie war nicht aus diesem Dorf, nicht von diesem Land. Sie würde nicht zu ihnen zurückkehren, nicht nach ihren früheren Eltern suchen, weil es unmöglich war, sie zu finden.

Es hatte im Dorf eine Weile keine Menschen mehr gegeben, die sich an vergangene Leben erinnern konnten. Süveyde war etwas Besonderes, und das wurde allen Jahr um Jahr offensichtlicher, nur ihr selbst nicht. Sie war zu sehr damit beschäftigt, sich zurückzuträumen und zu beten. Zwar ohne je darüber zu sprechen, aber weil in jenen Momenten die gelben Sprenkel in ihren Augen größer wurden und damit scheinbar Tür und Tor für ihre Ungeschicktheit öffneten, bekamen doch wieder alle mit, was sie umtrieb. Alle waren religiös, aber kaum jemand im Dorf liebte den Glauben an Gott so sehr wie Süveyde. Ihre Hingabe stand der von Gelehrten kaum nach. Das machte sie noch besonderer. Und all dieses Besonderssein sorgte dafür, dass sie, trotz ihrer milden Untauglichkeit für den Alltag, einen guten Mann heiraten konnte.

Und da vorne zwischen den Orangenbäumen verschwindet und taucht er wieder auf, ihr guter Mann. Wahrscheinlich wird ihre Befürchtung eintreffen. Wenn

Cevhere ein bisschen größer ist, wird Yakup sich ein weiteres Kind wünschen, das Süveyde ihm nicht geben wird. Und darauf kann nichts Gutes folgen. Plötzlich fühlt sie sich so traurig, dass sie am liebsten die Erde aufgraben und zwischen die Wurzeln des Baumes hier kriechen würde, um sich beschützen zu lassen vor der Welt. Aber Cevhere gibt ein kleines Aufwachgeräusch von sich und holt sie zurück.

»Gott weiß«, sagt sich Süveyde. »Ich bin hier.«

10/

Er hat sich neue Bluetooth-Kopfhörer gekauft, und um sie auszuprobieren, ist ihm nichts Besseres eingefallen, als das Lied auszusuchen, das ihn am stärksten an die guten Zeiten mit Gül erinnert. *Dudakların şeker gibiydi, baldan öte baldan ziyade,* singt Manço. Cemal fühlt sich ein bisschen lächerlich dabei, diese plötzliche Nostalgie in sich aufzutun, als wäre am Ende, und um ehrlich zu sein, dauerte das Ende mindestens zwei Jahre, nicht alles zwischen ihnen beschissen gewesen. Tage, an denen sie halb diskutierend, halb totenstill im Auto saßen und Ekin zwischen beiden Extremen von ihrem Kindersitz aus fragte, warum Mami schrie. Nicht daran denken jetzt, ermahnt er sich. Andere Bilder abrufen. Gül im vielleicht fünften Monat schwanger, Sommerkleid, dünne Träger und sonnige Farben, weiche Haut, ein Lächeln, hinter ihr das Nachmittagslicht. Wie eine Königin, hatte er gedacht und schnell sein Handy rausgeholt, um den Moment einzufrieren. Hat geklappt, die Erinnerung ist noch sehr wach an diese Zeit. Babys Herzschlag beim Ultraschall hören. Sie waren sehr glücklich. Gül wollte ein Mädchen, Cemal war es egal, »Hauptsache, gesund«, sagte er damals häufig und meinte damit eigentlich: Hauptsache, glücklich, Hauptsache, geliebt von und geschützt vor der Welt, Hauptsache, dieses Alles, wofür er nie die Worte finden wird. Cemal denkt noch oft daran zurück, dass Ekin als Baby wie seine Schwestern auf alten Familienfotos aussah. Büşra Zwei und Selkan Zwei im Wechsel, so dachte er häufig bei sich. Diese fließenden Ähnlichkeiten.

Gül wollte mindestens zwei Jahre warten, bevor sie ein weiteres Baby machten. »Ich will meinen Körper mal für mich«, sagte sie, und er verstand es in der Theorie und vermisste gleichzeitig ihr Schwangersein und hatte riesige Lust, in ihr zu kommen. Und bevor diese magischen zwei Jahre, die Gül festgesetzt hatte, vorbei waren, war alles Mögliche passiert, was in Familien mit Kleinkind eben passiert. Ekin hatte laufen gelernt, ihr erstes Wort war baba gewesen, und hatte für Freude und milde Enttäuschung gesorgt, obwohl fast alle Kinder erst baba sagen, wie die gesamte Verwandtschaft geschlossen behauptete, sie hatte angefangen, nachts durchzuschlafen, und ein Lieblingsplüschtier auserkoren, was Cemal als Übergangsobjekt identifizierte und seine Begeisterung weckte, da es hieß, dass er im Studium etwas Wahres gelernt hatte. Gül und er waren gereizt und zufrieden im Wechselspiel gewesen, hatten morgens beim Kaffee spekuliert, welcherart ihre Kleine später die Welt erobern würde, hatten die zwei Jahre in stillem Einvernehmen auf unbestimmte Zeit raufgesetzt, weil Gül immer noch nicht wollte und Cemal so langsam auch nicht mehr, und ähnlich stillschweigend einvernehmlich war ihr Zusammenleben eines Tages zu einem Ende gekommen.

Seine ganze Kindheit und Jugend hat er sich gefragt, was wie gekommen ist. Wie es gekommen ist, dass seine Eltern ihn in die Welt setzten und dann verließen. Dass er als Achtjähriger ein fremdes Leben bekam, in einem Land und bei Menschen, die er nicht verstand, obwohl es zumindest mit Letzteren hätte anders sein müssen, wäre das nicht natürlich gewesen? Vereint mit den liebenden Eltern. Aber es fühlte sich nicht natürlich an. Wie babaanne und dede ihn einfach hatten weggeben können, hat er sich immerzu gefragt. Ob das alles so wirklich nötig war, hat er sich gefragt, hat er sich lange, noch bis ins Erwachsensein gefragt. Und nach einer Weile hat er aufgehört mit den ewigen Fragen, auf die ja doch nie Antworten folgen. Er brauchte dafür einen Menschen, der ihm zeigte, dass es einfach nur sehr wenige Antworten im Leben gibt und das meistens nicht wirklich ein Problem ist. Gül war diese Person.

Es war alles vorgezeichnet gewesen, so einfach. Das Kennenlernen (im Club), die Dates (Café, Kino, Essen gehen, kleine Geschenke, schwere Geschütze), seiner Familie von ihr erzählen, ihrer Familie vorgestellt werden. Als sie sich begegneten, war sie gerade fünfundzwanzig geworden und wusste genau, wohin sie wollte mit ihrem Leben. Cemal war dreiunddreißig, im ersten Jahr der Festanstellung nach dem Referendariat, während Gül schon länger routiniert darin war, ihr eigenes Geld zu verdienen. Sie hatte den Durchblick, sparte für was auch immer aus reiner Vernunft heraus, half ihren Eltern hier und da, teilte sich weiterhin mit ihren Schwestern ein Zimmer. Ohne ihre Familie in einer WG oder alleine zu wohnen, das könne sie sich gar nicht vorstellen, sagte sie. »Ich weiß nicht, wie du das machst.«

»Hat auch seine Vorteile«, war seine Antwort. »Mein Mitbewohner ist sowieso nie da. Komm mal vorbei, dann zeige ich dir die Wohnung.«

Jetzt, in die Funkstille hinein, *benden öte benden ziyade*, fängt er wieder an, sich Fragen zu stellen. Warum seine Ehe gescheitert ist. Warum er überhaupt geheiratet hat. Warum er was mit Georg angefangen hat. Wo Georg jetzt ist. Warum er noch an ihn denkt. Was er nun tun soll, ob es Zeit für eine neue Affäre ist, ob sein Kopf dann endlich Ruhe geben würde. Der Streit ist Wochen her, seitdem kein Ton. Das Lied hat er jetzt schon zweimal durchgehört, er öffnet die App und wechselt in ein komplett anderes Genre. Mos Def rappt auf einen fast schon an Classic Rock erinnernden Beat, aber was versteht Cemal schon davon, was soll Classic Rock überhaupt sein, er ist kein Musiker, er hört nur. So anders ist das Genre vielleicht auch gar nicht, Mos hat immerhin auch schon

Selda gesampelt, das ist dieselbe Ära wie Barış, schweift er nun gedanklich ab. Womöglich genau das Richtige: etwas anderes denken. Er gibt sich ein wenig weiter der Musik hin, schaut aus dem Fenster des Cafés und nickt zum Takt. Draußen läuft Anne vorbei. Cemal übersieht sie erst beinahe, dann klopft er leicht aufgeregt an die Scheibe. Sie dreht sich um, sieht ihn, freut sich sehr, gestikuliert etwas Witziges zusammen und macht kehrt, um zur Eingangstür der Kaffeebar zu gelangen.

Vor ihm sitzend, rollt sie umständlich ihr Tuch vom Hals, verfolgt mit ihren Augen die Bewegungen des Barista hinter der Theke und erzählt Cemal nebenbei, woher sie kommt, wohin sie gerade unterwegs war.

»Und jetzt Schluss mit dem Small Talk«, sagt sie und blickt auf eine Stelle neben seinem linken Auge. »Was soll das mit Georg?«

So, das hätte er sich nun auch denken können, verdammt, warum hat er sie nicht einfach vorbeigehen lassen? Er sagt: »Du hast noch nichts bestellt, komm, ich hol dir einen Capu.«

»Cortado«, sagt Anne, »bleib sitzen, ich mach das.«

Beim Aufstehen legt sie ihm eine Hand auf die Schulter. Die Wärme tropft in seinen Körper. Sie geht noch nicht mal an den Tresen, gibt über die Köpfe dreier anderer Anwesender hinweg ihre Bestellung auf, während sie immer noch Cemals Schulter hält, und setzt sich wieder.

»Georg geht es nicht gut«, sagt sie.

Cemal fühlt einen kleinen Hieb in seinem Magen und erwidert nichts.

Anne redet und redet, es fällt ihm schwer zuzuhören. Was geht mich das an, sagt er fast. Bin doch sicher nicht der erste Fick, mit dem nichts mehr geht. Es ist nicht so, dass sie ihm keine Gelegenheit zu antworten ließe. Was er sagen möchte und was er an einer Stelle denkt, die viel tiefer verborgen ist als seine Zungenspitze, irgendwo zwischen den Fingerkuppen seiner Linken und dem Ort, an dem Anne ihren Handteller aufgelegt hat, sind zwei unterschiedliche Dinge. Er lässt sie weitersprechen, empfängt ihren Unmut reglos und wartet darauf, dass sie ausrastet, weil er nichts sagt. Anne hat das aber nicht nötig.

»Cemy, das ist nicht gut«, schließt sie. »Das ist nicht gut, was du da machst.«

Eine Haarsträhne hat sich aus ihrem Lockennest gelöst und hängt ihr ins Gesicht. Er hat Lust, sie ihr hinters Ohr zu klemmen. Im Café geht es alles andere als ruhig zu, aber er fühlt sich mal wieder taub und sagt in die Stille: »Ich weiß.« Sein Kehlkopf will, dass er noch etwas ergänzt, will Schall erzeugen, aber Cemal liefert die Wörter dafür nicht.

Anne blickt eine Weile auf seinen halb geöffneten Mund, aus dem einfach nichts rauskommen will, trinkt ihren Kaffee aus und setzt das leere Glas auf dem Tisch statt auf dem Untersetzer ab.

»Hm«, macht sie, »wusste ich es doch, dass er dir nicht egal ist.«

Um aus der Situation rauszukommen, schaut Cemal auf seine Uhr, ohne die Zeit wirklich wahrzunehmen, und behauptet, so langsam aufbrechen zu müssen. »Ja, ich bin auch viel zu spät jetzt«, sagt Anne. Vor der Tür verabschieden sie sich mit einer unnötig langen Umarmung. Cemal wartet auf eine Floskel, eine Aufforderung, ein: Nun mach da mal was draus, aber Anne sagt gar nichts mehr dazu, küsst ihn nur auf die Wange und haut ab.

Er will ihn sehen, er will ihn wirklich dringend wiedersehen und diese Haut spüren. Er denkt daran, wie Güls Körper sich veränderte, als sie schwanger war. Das etwas rosigere Gesicht, ihr Haar, das sie sich wegen eines Aberglaubens bis nach der Geburt nicht mehr schneiden ließ und das seltsamerweise dunkler wurde, genau wie ihre Brustwarzen, die Dehnungsstreifen an ihrem Arsch. Mechanisch steckt er sich die Kopfhörer in die Ohren. Georg hat diese eine weiche Stelle über dem linken Schlüsselbein, in die seine Lippen perfekt reinpassten. Es war anders, aber es ist jedes Mal anders. Und wenn es vorbei ist, ist es vorbei.

11/

Als Gül schwanger war und lange genug schwanger blieb, gab Cemal das Rauchen auf. Sie selbst rauchte schon seit vielen Monaten nicht mehr. Fast genauso lange hatte sie versucht, ihn auch zum Aufhören zu bewegen. »Ich habe es doch auch geschafft, jetzt du. Für mich.« Er schaffte es nicht. Mal rauchte er etwas weniger, aber nie gar nicht und bald darauf wieder umso mehr, um das Versäumte nachzuholen. Die Tage, an denen er verzichtete, zeigten ihm, dass der Rauch alles war, was er wollte. Seit seinem zwölften Lebensjahr war seine Hand ständig mit einer Kippe verwachsen. In der Schule rettete ihn das Rauchen vor unerwünschten Kontakten, die Wege waren weit zum letzten Winkel des Schulhofs, an dem man unbeobachtet von nervig-neugierigen Drittklässlern oder Kollegen in Ruhe sein konnte. Wie er sich ein paar Meter neben dem Notausgang in den Schatten drückte, als erwachsener Mann, ließ ihn damals oft an Kadir denken. Sein Vater, der sich noch als Fünfzigjähriger beim Rauchen vor seinem eigenen Vater versteckte, der wiederum selbst rauchte. Heimlichtuerei war eine Frage des Respekts vor den Älteren. Im Sommer vor seiner Abreise nach Deutschland hatte Cemal das staunend beobachtet. Zu diesem Zeitpunkt war er so klein, dass ihn alle immer noch Habib nannten. Auf der Veranda spielte er mit einem Plastikfahrzeug, das seine Eltern ihm mitgebracht hatten. Der Großvater saß auf seinem Stuhl an der Hauswand zwischen Tür und Fenster. Habibs Spielzeugauto verselbstständigte sich, fuhr davon, er jagte ihm nach, und da, um die Ecke, stand überraschend sein Vater und hielt seine Hand in einem unnatürlichen Winkel, sodass der Rauch nach hinten zog. »Sag nichts, Habib«, sagte Kadir leise und zwinkerte ihm zu. Habib drehte sein Spielzeug um und zog die Räder auf, um es wieder in die andere Richtung fahren zu lassen. Er behielt das Geheimnis für sich und dachte kurz daran, als er vier Jahre später seine erste Schachtel Marlboros hinter einem Baum am einzigen grünen Fleck des Viertels vergrub. Zu dieser Zeit hieß er zu Hause immer noch Habib, in der Schule meistens Cemy und auf dem Bächleplatz Alter. Sein bester Freund Sinan und er hatten lange überlegt, wie sie an Zigaretten gelangen könnten. Sinan hatte versucht, seinem großen Bruder eine Packung zu stehlen, oder zu stenzen, wie man in jenen Tagen sagte, war aber erwischt worden, und Cemal hatte seitdem darauf plädiert, dass sie sparen müssten, um sich eine Packung aus dem Automaten zu ziehen. Das erwies sich aber auch als mühsam, da sie nichts hatten, was gespart werden konnte. »Alter, von nichts kommt nichts«, zitierte Sinan seinen großen Bruder, als ihm nach Wochen der Geduldsfaden riss. »Ich stenz einfach fünf Mark von daheim.« So schwer war es dann gar nicht: für Cemal nicht, da er nur Schmiere an der Straßenecke stehen musste, und für Sinan auch nicht, da er ständig irgendwas anstellte und unterschiedliche Mitglieder seiner Familie abwechselnd wütend auf ihn waren. Fast täglich hörte man über den Bächleplatz eine Stimme, anne oder abla, drohend seinen Namen kreischen. Es war die Sache mit dem Huhn und dem Ei: Sinan war nie zu Hause, und zu Hause schrie man ihn in seiner Abwesenheit an. Saßen sie unter dem Kippenbaum, wenn es mit den Sinan-Rufen losging, war Cemal alarmiert. »Geh mal nach Hause, du kriegst noch Ärger.« – »Ne«, antwortete Sinan jedes Mal, »da krieg ich nur wieder Anschiss.« Huhn und Ei. So pafften sie weiter und verabschiedeten sich bald darauf dann doch, um Suchaktionen durch Ömer abi zu vermeiden, der beim Nachhausekommen von der Arbeit oft direkt wieder von den schrillen Stimmen rausgeschickt wurde, um Sinan endlich einzusammeln. Seine Laune war dementsprechend, wenn er seinen kleinen Bruder, immer in Anwesenheit des besten Freundes, fand. Cemal hatte großen Respekt vor diesem abi, konnte sich nicht entscheiden, ob er selbst so sein wollte wie er oder besser auch einen großen Bruder wie ihn haben wollte. Als Achtzehnjähriger lebte Ömer auf einem anderen Planeten als Cemal und Sinan. Er ging nicht mehr zur

Schule, er arbeitete schon. Verdiente sein eigenes Geld und hatte mit Autos zu tun und besaß eine Lederjacke. Von diesem offensichtlich erwachsenen und somit besseren Leben, das er an genau diesen drei Punkten festmachte, träumte Habib. Die Schule war langweilig und frustrierend. Wäre er mit Sinan in einer Klasse, wäre es bestimmt auch noch langweilig, aber vielleicht trotzdem ein bisschen besser. Am Gymnasium war Cemal nicht die einzige Person mit nichtdeutschem Namen, war aber trotzdem als der einzige Ausländer bekannt. So sagte man damals noch. Er war älter als alle anderen in seiner Klasse, da er ein Jahr in der Förderklasse verschwendet hatte. Damals, ganz am Anfang, war es schwer gewesen, die Sprache zu lernen, aber er hatte das im Nullkommanix drin, weil Büşra abla abends mit ihm übte. Dennoch musste er das ganze Schuljahr machen, blieb brav und fleißig und bekam gute Noten, und zum Ende der Grundschulzeit, als die Empfehlungen für die weiterführenden Schulen ausgesprochen wurden, wollte man ihn trotzdem auf die Hauptschule schicken. Büşra starrte auf den Schrieb, den Cemal aus der Schule mitgebracht hatte, und bekam ein ganz rotes Gesicht. Cemal verstand, dass sie wütend war. Er dachte, es sei seine Schuld. Klein und still saß er auf dem Küchenstuhl, während sie vor der Geräuschkulisse sich öffnender und schließender Schränke und Schubladen ihre Wut offenbarte. Nurcihan war mit den Vorbereitungen für das Abendessen beschäftigt und rumpelte über die Anrichte wie ein sehr lauter Geist. Seine große Schwester stand schließlich auf und holte sich das tepsi mit den Kartoffeln, die es zu schälen galt.

»Soll ich helfen«, fragte er schüchtern.

»Nein«, antwortete sie scharf und fing an, das Gemüse in schnellem Tempo mit dem Küchenmesser zu bearbeiten. An jedem Stück Schale, das sie entfernte, war sehr viel Kartoffel dran. Niemand sprach, und diese ganzen Dinge in Bewegung, der aufgedrehte Wasserhahn, das zischende salça in der Pfanne und die krachenden Töpfe und die armen schrumpfenden Kartoffeln, wurden so laut, wie normalerweise nur Menschen sein sollten. Cemal hätte nicht genau sagen können, was es war, es fühlte sich alles falsch an.

»Mein Sohn, hast du schon deine Aufgaben gemacht«, fragte Nurcihan ihn schließlich, in ihrem typischen, überhaupt nicht fragenden Tonfall. Bei ihr klang alles nach Aussagen.

»Hab keine.«

»Was ist mit Mathe«, schaltete Büşra sich ein.

»Daha yapmadım.«

»Ja, dann hopp«, sagte Büşra. »Geh Hausis machen.«

»Darf ich die hier machen?«

»Nein, im Zimmer. Los jetzt.«

Nur wenige Monate bevor der Rauch das erste Mal seine Lungen füllte, war Cemal Habib also dieser elfjährige Junge, der zögerlich vom Küchenstuhl rutschte und auf Kommando der Großen aus dem Raum ging, es gerade so bis ins mit der Schwester geteilte Zimmer schaffte, bevor er anfing, heimlich zu weinen. Er schloss die Tür nicht ganz. Vielleicht weil er nicht das Gefühl haben wollte, die ganze Welt bestünde nur noch aus diesem acht Quadratmeter großen Zimmer, weil ihn das zum einzigen Erdenbewohner machen würde. Vielleicht weil er wissen wollte, ob Mutter und Schwester über ihn sprachen, wenn er weg war, und was sie sagen würden, ob sie seine Schuld klar benennen würden. An Hausaufgaben war nicht zu denken.

Aber Elternschaft ist eben eine Sache, die du dir nicht vorstellen kannst, bis sie passiert. Letzte Nacht, nach vielen wachen Stunden des finster in die Finsternis Starrens, sah Cemal erneut Süveyde. Diesmal war sie weder jung noch alt. Eigentlich war sie noch nicht einmal so richtig Materie. Trotzdem sprach sie zu ihm, sagte wieder: »Du bist noch ein Kind«, und ihre tesbih, die sie, wie Cemal aus Erzählungen weiß, auch oft wie eine Kette trug, um sie nicht zu verlieren, war nun in Kadirs Hand. Kadir sah so aus, wie Cemal sich aus seiner Kindheit an ihn erinnert, womöglich ein wenig jünger. Kräftigere Farben als in der Realität. Kadir legt die tesbih auf den Tisch, den alten Küchentisch in der Dachgeschosswohnung, und alles bleibt in seiner Ordnung. Nurcihan stellt einen Teller mit Gemüse und Fleisch vor ihn auf den Tisch, setzt sich und lässt die tesbih zwischen ihren Fingerkuppen wandern.

»Deine selige Muttersmutter«, sagt sie zu Kadir, »hat mir vor Jahren, Jahren die Sterne gelesen. Wusstest du das? Kurz nach unserer Heirat und nachdem du zurück nach Deutschland bist. Weißt du noch, du hast mich ein Jahr allein gelassen. Wir haben geheiratet, du bist nach Deutschland, ich bin dortgeblieben. Die Selige und deine Mutter haben sich zu jeder Zeit gut um mich gekümmert. Weißt du das überhaupt? Wie gut deine Mutter ist? Gott soll zufrieden mit ihr sein.«

Kadir hört stumm zu, vielleicht aufmerksam, vielleicht nicht, der Teller voll mit Essen vor ihm bleibt unberührt, und in Cemal erstarkt das Gefühl, hier nicht er selbst, sondern etwas im Raum zu sein, zu beobachten, aber nicht von außerhalb, sprachlos Teil des Geschehens zu sein.

»Die Selige hat mir beschrieben«, sagt Nurcihan jetzt, »dass wir vier Kinder haben werden. Drei Mädchen, das dritte werden wir verlieren und viel später einen Sohn bekommen. Ich fand es schrecklich, das zu hören, ich habe eine Woche jede Nacht geweint. Verstehst du, warum?«

Kadir reagiert nicht.

»Eine Nacht, zwei Nächte, ich wollte aufhören, aber ich konnte nicht. Dann hatte die Selige genug von meinem Weinen, stand mitten in der Nacht vom Bett auf und kam zu mir. Legte die Hand an meine Stirn und betete für mich, bis ich einschlief. Als ich wach wurde, wusste ich nicht, wohin ich blicken sollte. Ich schämte mich. Meine Hände konnten nichts halten, was ich anfasste. Die Selige schlief in unserem Zimmer, wie immer um diese

Zeit. Deine Mutter kam zu mir. ›Tochter‹, sagte sie, ›meine Mutter weiß, was sie spricht. Du wirst es überstehen. Dein Sohn wird gut sein.‹«

In diesem Moment löst sich Cemals Verschmelzung mit dem Etwas in diesem anderen Hier in seinem Kopf, und auch Kadir scheint aus seiner Trance zu erwachen. Kadir nickt, und Cemal denkt: Ich bin nicht gut, und der Traum geht einfach weiter, obwohl Cemals Atmung stakkatoartige Züge annimmt.

»Und jetzt wollen sie unserem schönen Sohn den Weg versperren. Du musst etwas tun«, sagt Nurcihan zu Kadir. »Sprich mit Ali Lehrer, frag ihn um Rat.«

Am nächsten Tag, es ist mitten in der Woche, aber Cemal ist vom Unterricht freigestellt, will er seine Gedanken sortieren und denkt über den einfachsten der Traumfetzen nach: Er erinnert sich an seinen Lehrer in der türkischen Schule, die er an zwei Nachmittagen in der Woche zusätzlich zur deutschen Grundschule besuchte. Ali hoca war ein geduldiger, freundlicher, strenger Mann, für die Bildung der Kinder im gurbet selbst ins gurbet geschickt worden. Ein sehr aufmerksamer Mensch, der nur für seine Schulkinder zu leben schien, außerdem stets freundlich und dennoch streng, immer nach der besten Leistung der Kinder und darin auch der besten Leistung seiner selbst strebend, ein Pädagoge, dem man seine Kinder in der Fremde anvertrauen konnte. Cemals Gedächtnis springt zu der Zeit, als er mit dem Gedanken spielte, die Schule nach der zehnten Klasse zu beenden. Sinan hatte schon seit einem Jahr seinen Abschluss, er arbeitete jetzt auch in Ömer abis Werkstatt und sagte oft, dass es dort immer einen Platz für Cemal gäbe. Auch wenn die Werkstatt gar nicht Ömers Werkstatt war und sie bestimmt nicht mehr als einen Lehrling einstellen würden. Aber die Vorstellung gefiel Cemal. Er wälzte sie monatelang hin und her, und als Büşra ihn am Telefon auf den jährlichen Beratungstermin für den Schulwechsel zum beruflichen Gymnasium ansprach, rutschte sie ihm raus.

»Habib, willst du mich verarschen? Weißt du eigentlich, was wir alles getan haben, damit du genau das nicht machen musst«, schimpfte sie ihn transkontinental aus ihrem Urlaub heraus aus, untermalt von den Quengelgeräuschen ihrer wenige Wochen alten Nichte im Hintergrund und dem hartnäckigen Klacken in der Leitung.

»Wieso, was habt ihr denn schon gemacht«, trotzte Cemal. »Ich hab kein Bock mehr auf den Scheiß.«

Klacken, Klacken, seine Neffen riefen im Chor aus Büşras Off: »Dayı, dayı.«

»Was wir gemacht haben! Was wir gemacht haben«, sagte seine große Schwester nun, einmal anklagend und einmal nachdenklich.

So formt sich ein Gedächtnisbild in Cemals Jetzt, konstruiert aus seinem eigenen Erleben und erzähltem Wissen, doch was spielt das schon für eine Rolle, denn so ist es doch immer und nicht nur bei ihm, wenigstens das weiß er sicher: An jenem Tag, als sein elfjähriges Ich mit der Empfehlung für die Hauptschule nach Hause kam, er die Wut im Raum auf sich bezog und sich verkroch, brach für ihn die Nacht weit früher als für die Erwachsenen an. Er ließ das Zimmer im Dunkeln, wollte die Dinge darin nicht so genau sehen, keinen Trost in seinen Spielsachen oder dem vertrauten Bücherchaos auf Büşras Seite des Zimmers finden, er verdiente das nicht. Aber die Dunkelheit machte ihm nach wenigen Augenblicken Angst, so öffnete er die Tür einen Spalt und stellte sich daneben, den Rücken an die Wand gepresst, als müsste er eins mit ihr werden. Auf der anderen Seite wurde kein Wort mehr gesprochen. Er wurde zum Abendessen gerufen, man blieb schweigsam, später half abla ihm mit den Hausaufgaben, und er ging früh ins Bett, weil er traurig und erschöpft war. Aber Büşra setzte sich ins Wohnzimmer zu ihren Eltern. Kadir war nach Hause gekommen, als die Kinder mit Cemals Schulaufgaben beschäftigt gewesen waren, er hatte bereits von der Hauptschulempfehlung gehört.

»Meine Tochter«, sagte der Vater nun, »ich werde morgen mit Ali Lehrer sprechen. Aber sag es mir jetzt: Ist dein Bruder ein guter Schüler oder nicht?«

Bestärkt von Büşras Wissen und von Ali hocas kurzem Abriss darüber, die falsche Schulempfehlung an ebendieser Grundschule schon mit vielen Kindern erlebt zu haben und diese Ungerechtigkeit nicht weiter zulassen zu wollen, aber dafür eben auch Mitstreitende unter den Eltern zu brauchen, ging Kadir am übernächsten Tag vor der Spätschicht in Habibs Schule, als die Kinder gerade aus dem Gebäude strömten, fragte sich zur Klassenlehrerin durch und stellte sie zur Rede. Er, der kaum Deutsch sprach, brachte sein Gegenüber in die Verlegenheit, nicht erklären zu können, warum sie das Kind auf eine Schule schicken wollte, die seine Fähigkeiten nicht ausschöpfen würde.

Damit war es klar. Cemal musste mit der Schule weitermachen. Keine Werkstatt. Kein Sinan. Alles würde sich ändern. In der Nachbarschaft war niemand von den Jungs in derselben Situation wie er. Tuncay war zwei Jahrgänge nach Cemal direkt aufs Gymnasium gekommen, der Streber, Stelios hatte schon längst das Technische Gymnasium für sich festgemacht, auch ein Streber, und alle anderen waren im Schnitt fünf bis zehn Jahre älter. »Das Gute daran ist«, sagte Sinan, als er wieder mit ihm sprach, »du kannst dann immer mit dem Auto fahren.« Damit, zumindest mit der Notwendigkeit des Autofahrens, hatte er recht. Luftlinie sechs Kilometer, mit dem Bus eine Stunde pro Strecke, verdammtes Kaff. Aber zu Beginn des neuen Schuljahres hätte Cemal bereits seinen Führerschein und könnte sich mit seinem Vater den Wagen teilen. Kadir war wenig begeistert von dieser Idee. »Wie willst du Auto fahren lernen, wenn du nie in die Fahrschule gehst? Stattdessen bist du immer nur mit diesem Narren unterwegs.«

Diesem soytarı. Cemal setzte sich leise und beständig über elterliche Verbote hinweg, jahrelang, bis sie zu Missbilligungen abklangen. Denn natürlich dauerte es nicht lange, bis das Geheimnis des Kippenbaums aufflog. Vom Umgraben der Erde, in die sie ihre Zigaretten zum Versteck gaben, hatte Cemal hartnäckigen Dreck unter den Fingernägeln, der seiner Mutter nicht entging. »Komm hierher für eine Minute«, sagte sie, als es ihr beim gemeinsamen Aufhängen der Wäsche auf dem Balkon auffiel, er gehorchte, sie nahm den doch eigentlich so schwachen Nikotingeruch wahr, eine Folgerung rückte der nächsten nach, Habib war in die Ecke gedrängt, er gestand, es brach ein Riesenärger aus, über Sinan wurde, wieder einmal in seiner Abwesenheit, die Verbannung ausgesprochen. Streng genommen hatten sie also keine andere Wahl, als sich draußen herumzutreiben. Bevor sich Genugtuung über diesen elterlichen Systemfehler in Cemal breitmachen kann, alles ihre eigene Schuld, fällt ihm wieder ein, dass er denselben Gedanken damals schon hatte. Ich bin wirklich noch ein Kind, geht es ihm rasch durch den Kopf, er würde jetzt sehr gerne eine rauchen, einfach so aus Trotz, Ali hoca taucht wieder auf, der nachahmenswerteste Lehrer, den Cemal je kannte und an den er sich doch eigentlich erinnern wollte, nur um sofort wieder, gütig, wie er eben immer war, anderen Bildern Platz machen zu müssen.

12/

Das zunehmend hakende Kassettendeck in babas Auto, das sie zum Hören kitschiger Arabesken zwang, immer nachdem zuletzt Kadir mit dem Auto unterwegs gewesen war. Cemal hatte, Theoriestunden in der Fahrschule hin oder her, motiviert durch den näher rückenden Schulwechsel und die drohende Perspektive auf endlose Busfahrten mit zukünftigen Idioten aus seiner neuen Klasse, nun doch recht schnell den Führerschein erworben. Er hielt sich für einen guten Autofahrer, sein Vater sah das anders. Es musste also geübt werden, kleine Botenfahrten, um Routine zu bekommen und weil Kadir ihm keine größeren Strecken außerhalb der Stadt zutraute. Man etablierte eine Samstagsroutine, während derer Cemal seine Mutter zum Einkaufen fuhr (was für ihn kaum ein Opfer war, da es den Vorteil des Kassettenstöberns mit sich brachte, wenngleich er fast alles an interessanter Musik schon längst besaß, da ab 1998 offenbar nur noch Popschrott und/oder große Weinerlichkeit in türkischen Musikstudios produziert wurde, aber ein echter Sammler sucht immer weiter), er die Einkäufe in die Wohnung trug, dann sagte, er würde jetzt noch das Auto sauber machen gehen, sich wieder hinters Lenkrad setzte, Sinan abholte und noch mal gut vier Stunden wegblieb. Sie fuhren Überland, ins nächste Kaff, wo es einen Fast-Food-Drive-in gab, danach zur Waschanlage. Parkten neben den Staubsaugersäulen, drehten den Lautstärkeregler bis zum Anschlag, Kitsch war immer noch besser als gar keine Musik, die Türen offen, die durchgefetteten Papiertüten mit Pommes und Burgern auf dem Fahrzeugdach, das als lächerlich stark erhöhter Tisch diente.

»Junge, du musst das Autoradio austauschen lassen«, sagte Sinan.

»Mein Vater lässt mich nicht, der hängt irgendwie an dem Ding.«

»Dann brauchst du ein eigenes Auto. Kannst nicht überall mit dieser Mucke auftauchen. Stell dir vor, die Dorfkartoffeln von deiner neuen Schule, wie die auf Muazzez Ersoy reagieren.«

Sie lachten.

»Was denn, die werden da voll drauf abgehen.«

Er sang ein paar Wörter aus *Severek Ayrılalım* mit, breitete die Arme aus, schnipste mit den Fingern, hob und senkte die Schultern im Takt. Ein älterer Mann schaute argwöhnisch zu ihnen rüber, während er seinen Fahrerteppich gegen die Vorderreifen schlug, um den gröbsten Schmutz abzuklopfen. Sie lachten sich tot.

Die Sonntage gehörten, genau wie die Mittwoch- und Freitagabende, Cemals Nebenjob. Putzen in der Fabrik, äußerst schlecht bezahlt. Gallseife, die sein Vater ihm stets aufs Neue empfahl, um seine Hände richtig sauber zu bekommen, und gegen die er sich die ersten Monate standhaft wehrte. Vor wenigen Jahren noch die Erde unterm Kippenbaum, jetzt das Fett der Fabrikmaschinen. Rauchen war nur noch der Form halber ein Geheimnis, nur noch offiziell. Darin doch auch wieder ähnlich, wie sich beim Arbeiten die Hände schmutzig zu machen, als wäre nicht schon längst klar, dass Cemal das nicht mehr lange tun würde. Sinan hatte die Erde auch durch öligen Schmutz ausgetauscht, aber anders. Motoröl fürs Auto ist nicht so hartnäckig im Gestank, jedenfalls kam es Cemal zu jener Zeit so vor, und so erinnert er es immer noch. Vielleicht lag es aber auch daran, dass das Fabrikfett sich mit seinem eigenen Geruch verband, und das Motoröl mit Sinans Geruch. Im Auto war diese Mischung wie eingeschlossen. Es war Sommer, aber regnerisch mit kühlen Temperaturen, wie das Wetter eben damals noch war. In weniger als einem Jahr würde Cemal das Abitur haben und weggehen, vielleicht. Er war fast zwanzig und fühlte sich alt. Autofahren beherrschte er nun, selbst sein Vater behauptete nichts Gegenteiliges mehr und ließ sich morgens von ihm zur Arbeit fahren, sodass Cemal anschließend mit dem Familienwagen zur Schule konnte. Überland: kein Problem mehr. Bald würde auch Sinan Auto fahren dürfen. Es kam ihnen bizarr vor – er arbeitete in einer Autowerkstatt, durfte sich aber nicht hinters Lenkrad setzen. Schwachsinnige Regeln, waren sie sich einig, dazu geschaffen, heimlich gebrochen zu werden. Manchmal holte Cemal Sinan abends von der Arbeit ab, oder sie trafen sich unten auf dem Platz, fuhren ein Stück raus an den Stadtrand, Cemal wechselte auf den Beifahrendensitz und ließ Sinan fahren. Am Anfang hatte er Probleme mit dem Rauf- und Runterschalten der Gänge, aber bald ließ er seine Motorölhand easy auf der Gangschaltung liegen, alles kein Problem. Cemal sah, dass die Haut an seinen Fingerknöcheln rissig war, vielleicht schrubbte Sinan seine Hände zu Hause auch so ausgiebig wie er. An seinem Handgelenk ein dünnes Armband aus dunklem Faden. Einmal fuhren sie sogar auf die Autobahn auf, aber sehr spontan. Sinan nahm einfach die Auffahrt, und Cemal hätte ihn am liebsten umgebracht. Dann vergaß er auch noch den Schulterblick, als er aus dem Beschleunigungsstreifen rausfuhr, hinter ihnen bremste ein Auto unter einem Lichthupenfeuerwerk stark ab, der Fahrer überholte und schrie sie währenddessen sichtbar und lautlos an. »Alter, fahr die Nächste sofort wieder raus, ich will hier nicht mit dir draufgehen«, mahnte Cemal, und seine eigene Stimme kam ihm dabei fremd vor. Sinan hatte sich auch erschrocken, auch vor sich selbst, so starr, roboterhaft hatte Cemal ihn noch nie erlebt. Die nächste Ausfahrt ließ auf sich warten, dafür kam ein Rastplatz. »Fahr da mal rein, wir rauchen eine«, entschied Cemal.

Er zündete erst Sinan eine und dann sich selbst eine

an. Lautes Rauschen von unablässig vorbeirasenden Fahrzeugen, am Himmel sah es allmählich wieder nach Regen aus.

Cemal wollte einen schlechten Witz machen, um die Stimmung zu lockern, etwas wie: Kurban olurum sana lan, aber doch nicht so, oder vielleicht: Machst du *Death Around The Corner* oder was – aber das würde nur das Gegenteil bewirken, betonen, wie unwitzig es war. Er hatte Lust, ihm in die Augen zu sehen, kam mit seinem Blick jedoch nicht über die eigenen Hände hinaus, gab auf, inspizierte scheinbar seine Zigarette. Und so standen sie eine ganze Weile.

Zu jener Zeit war Cemal sich sicher, dass Sinan seinem großen Bruder von diesem Vorfall erzählt hatte. Es war eine Erklärung dafür, warum Ömer abi ihn kaum noch grüßte, wenn sie sich in der Nachbarschaft begegneten, warum er einmal an ihm vorbeiging, um stehenzubleiben, einen Schritt zurück zu machen:

»Ich will nicht, dass du ständig mit meinem kleinen Bruder rumfährst, lass ihn mal ein bisschen in Ruhe.«

Cemal verstand nicht und verstand doch.

13/

»Er war nicht für dich«, sagt Süveyde. »Das weißt du.«

Cemal hat keine Sprache, will nicht zustimmen. Nein, er weiß es nicht, er weiß es nicht. Die Kuhle unter Georgs Schlüsselbein und die Linien, die überdeutlich von seinen Augenwinkeln weggehen, wenn er in Richtung Sonne schaut. Cemal hat das lange nicht mehr gesehen, aber er weiß, dass es noch immer so ist, es hat keinen Anlass, anders zu sein, Körper sind Körper.

14/

Es sind Herbstferien. In letzter Zeit war Cemal häufig kurz davor, sich krankschreiben zu lassen, hat es dann letztlich aber nur an einem oder zwei Tagen durchgezogen (der Kinder wegen, sagt er sich zumeist. Aber manchmal, wenn er nicht aufpasst, sucht er keine Ausreden, und dann fällt ihm auf, dass es vielmehr um eine zwanghafte Vorstellung davon geht, perfektes Verhalten könne ihn vor weiterem Ärger an der Schule bewahren. Und wie es eben manchmal so ist, wenn man etwas einfach nicht aus sich heraus versteht und niemand da ist, um das Offensichtliche aufzuzeigen, geht ihm dabei nicht auf, dass er einen Fehler macht, denn es sollte nicht um eine Selbstauflösung im weißen Blick gehen, sondern um Gleichbehandlung, und die wird sich niemals durch Makellosigkeit der Marginalisierten erreichen lassen). Er ist froh, dass er nun offiziell zu Hause bleiben kann. Ekin hat das letzte Wochenende plus die erste Hälfte der Folgewoche bei ihm verbracht. Sie waren im Zoo und im Kino, haben mit ihren Cousins und ihrer Cousine gefacetimed, die schon allesamt so erwachsen sind, dass Cemal sich kurzzeitig unerfreulich alt vorkam, Ekin hat seinen Bart frisiert, das heißt: zwei Spängchen auf seiner linken Wange in Kinnnähe platziert und ihn dabei nur einmal gestochen, ihm alles Mögliche über ihre neuen friends erzählt, er hat versucht herauszuhören, wer von den Kindern wer ist, weil sie entweder alle dieselben Namen tragen und dieselben Dinge tun und sagen oder weil seine Tochter ihr soziales Umfeld bereits jetzt sehr versiert auf Massenkonformität hin auswählt und deshalb so erzählt, dass alle Kinder ihrer neuen Klasse gleich niedlich und mit Verlaub gesagt auch gleich verwöhnt und gleich austauschbar klingen, oder weil Ekin nun mal sechs Jahre alt ist und daher Erlebtes noch nicht durchgehend stringent wiedergeben kann. Wie dem auch sei, sie ist jetzt ein Schulkind, das kommt ihm verrückt vor, aber er gewöhnt sich daran. Und erneut: Er hat es hier ein bisschen einfacher als Ekins Mutter. Cemal hat auf eine ganz bestimmte Grundschule bestanden, natürlich nicht seine, für Gül etwas ungünstig gelegen, nicht im eigenen Bezirk, jedoch immer noch angrenzend, für ihn auch nicht gerade um die Ecke, aber er muss die Kleine ja auch nicht jeden Morgen fahren. Trotzdem haben sie sich geeinigt und den Umschulungsantrag gestellt. Cemal hätte nicht gedacht, dass er sich wieder freiwillig in Amtsmühlen begibt, aber Elternsein ist eben eine Sache, die du dir nicht vorstellen kannst, bis sie passiert, und auf den einen Antrag kam es nun wirklich nicht mehr an.

Die Zeit fließt gerade schnell, und das ist in Ordnung. Ekin wächst und wächst, aber sie ist noch jung genug, um in Cemal nicht das Gefühl auszulösen, dass sie ihm entschwinden könnte. Es bleibt genug Sicherheit, um das Großwerden seines Kindes neugierig zu beobachten. Die Absprachen mit Gül klappen auch gut, zum ersten Mal seit der Trennung ist er wirklich zuversichtlich, dass sie das Co-Parenting hinkriegen werden. Sie haben eine neue Routine für die Sonntagmittage und weitere Übergabetage, wie Cemal es in einem Anflug von Bürokratiefetisch gerne im eigenen Denken bezeichnet. Neuerdings also treffen sie sich häufig im Park, sodass Cemal Ekin nicht bis zu Güls Tür bringen muss. In der Regel ist es derselbe Park, draußen dasselbe Eingangstor als Treffpunkt und drinnen dieselbe Bank, auf die Gül und er sich setzen und noch ein wenig über die gerade vergangenen und die bevorstehenden Tage sprechen, während Ekin unermüdlich den Mythos des Sisyphos an der Rutsche nachspielt. Heute werden sie es wieder so machen. Cemal hat gerade noch einen letzten Blick in Ekins Zimmer geworfen, um sicherzugehen, dass sie alles eingepackt haben.

»Papi, neye baktın«, fragt sie, weil er noch einen Moment im Zimmer steht und mit seinen Augen die Winkel des Raums absucht.

»Ich gucke nur, ob wir nichts vergessen haben, du kleiner Kontrollomat.«

»Was ist ein Kontrollomat?«

»Bana mı soruyorsun, du Maus? Da musst du in den Spiegel gucken, und dann siehst du, was ein Kontrollomat ist«, sagt er und tut so, als wolle er ihr mit dem Zeigefinger in die Nase piksen. Schon lacht sie ihr quietschiges Kinderlachen.

Gül schafft es immer, einen Parkplatz zu finden. Er versteht nicht, wie sie das macht, es ist magisch. Direkt vor dem Parkeingang. Schon lange kein dunkelblauer Golf mehr, denkt er kurz etwas wehmütig und legt Ekins Kram im Kofferraum ab.

»Du kommst noch mit auf den Spielplatz?«

Logisch kommt er mit, er kommt immer mit, wenn sie ihn fragt.

Auf dem Platz angekommen, wirft Ekin ihren pinken Rucksack hin, den sie noch vor zwei Minuten aus einem nur ihr bekannten Grund für so kostbar hielt, dass sie ihn nicht im Auto lassen wollte, und rast auf die Rutsche zu, ihre Eltern zu Garderobenständern degradiert. Gül ruft ihr noch etwas Ermahnendes hinterher, aber Cemal findet es einfach nur witzig. Sie setzen sich auf ihre Bank, die – wahrscheinlich auch durch Güls Magie – immer frei ist. Gül klopft ein wenig imaginierte Parkerde vom Rucksack ab, platziert ihn zwischen sich und Cemal und streicht noch einmal über den Tragegriff, als wäre die Tasche selbst ein Kind und ihr Griff der Kopf. Diese Vorstellung bringt Cemal zum Schmunzeln, er hat keine Lust, sich zu konzentrieren, er ist hier, jetzt, ihm ist leicht, und dann erlaubt er es sich auch mal, alberne Gedanken nicht sofort zurückzupfeifen.

»Lässt du dir wieder einen Bart wachsen«, sagt Gül.

»Mhm, yakıştı mı«, fragt er und lächelt.

»Çok«, sagt sie mit einem etwas lang gezogenen O – çook – und blickt neutral bis freundlich.

Sie beobachten, was sie zusammen gemacht haben. Ekin winkt vom oberen Ende der Rutsche wie eine sehr gut gelaunte Adlige bei der Neujahrsansprache vom Palastbalkon, ihr Adel macht sie in sich ruhend und genügsam, sie will nur punktuell die Aufmerksamkeit ihrer erwachsenen Gefolgschaft, wenn sie da oben steht.

»Ich muss dir was sagen«, sagt Gül. »Ich habe mich verlobt.«

Er ist für einen Viertel Atemzug erstaunt, völlig grundlos, das war doch nur eine Frage der Zeit, dann gratuliert er, gibt ihr eine flüchtige Umarmung, fragt, wer der neue damat sei, hört der Antwort nicht wirklich zu, ist ja auch egal.

Eine Zeit lang spricht Gül über die Zukunft, versichert ihm Dinge, dabei kapiert Cemal, dass ihr neuer Partner selbstverständlich sein Kind schon kennengelernt hat, und er fühlt sich bedroht und versteht nicht, warum er nichts gemerkt hat, Ekin muss Güls Neuen doch mal erwähnt haben, und wie wird es, wenn er bei ihnen einzieht, oder vielleicht ist er das bereits, und wenn ja, wie haben sie das gemacht, fragt er sich und ist besorgt. Wer will schon ersetzt werden. Er ist Ekins Papa, sonst niemand, aber was kann man da schon machen, vielleicht ist es ja sogar gut für die Kleine, auf eine Art, er weiß noch nicht auf welche, er muss nach Hause und darüber nachdenken. Aufbruchstimmung macht sich breit, beiderseits, obwohl sie erst so kurz da sind, jetzt, wo die Neuigkeit im Raum steht, ist es unangenehm zu verharren. Seine Ex ist glücklich, sie will schnell zum Ort dieses Empfindens zurück, will ihn aber auch mit ihrer Beseeltheit anstecken, denn da ist ja schon noch ein deutlicher Liebesrest, und sie fragt, ob er nicht auch jemand Neuen habe oder zumindest in der Zwischenzeit mal jemanden hatte, die Trennung sei doch schon so lange her, und dass er doch darüber nachdenken solle, sich ein bisschen umzusehen. Cemal geht auf nichts davon ein, nickt nur abwesend, weil er irgendwie denkt, der Monolog könnte dann schneller vorbei sein. Als sie vor Güls Auto stehen und sich verabschieden, schaut Cemal durch die Fensterscheibe auf sein Ein und Alles. Sie ist von ihrem Kindersitz umarmt, hat die in ihren winzigen Nikes wie alpinaweiße Plastikbrötchen aussehenden Füßchen gegen den Beifahrendensitz gestemmt und zieht den Oktopus aus ihrem Rucksack, den sie immer noch von Wohnung zu Wohnung mitnimmt. Oktopus, Schminkkoffer – wenn sie irgendwann studiert, nimmt sie wahrscheinlich ihre beiden Zimmer in Gänze mit an die Uni. Es gibt aber wichtigere Gedanken zu äußern gerade.

»Wie machen wir das dann in Zukunft«, fragt er Gül.

»So wie jetzt auch«, sagt sie und mit einer Selbstverständlichkeit, die für Cemal kurz vor Zündschnuraktivierung ist: »Es bleibt, wie es ist: du gehörst zu unserem Leben dazu und umgekehrt.«

Er ist sich überhaupt nicht sicher. Dinge ändern sich manchmal scheinbar unvorhergesehen. Als Antwort nickt er deswegen nur wieder, jetzt etwas ungeduldig, sie küssen sich die Wangen, Gül geht um das Auto herum zur Fahrendenseite, und Cemal öffnet noch mal die Tür an Ekins Platz, um ein bisschen extra Rosavibe einzufangen und ihre Stirn zu küssen, überflüssigerweise daran zu erinnern, mehr sich selbst als das Kind, dass sie sich schon sehr bald wiedersehen werden.

Der Audi fährt weg, Cemal schließt die Augen, sieht Bildfetzen, öffnet sie schnell wieder. Rauchen wäre jetzt wirklich hilfreich. Er zieht die Kopfhörer aus der Jackentasche und sucht nach Christian Scott aTunde Adjuah im Player, hat den Titel des Liedes vergessen, das er jetzt unbedingt hören muss, hofft, dass es unter den beliebtesten Songs ist, die Spotify immer schon latent bevormundend vorschlägt. Er bleibt stehen und hört für jeweils wenige Sekunden in mehrere Lieder rein, aus verschiedenen Alben, bis er es endlich hat. *West of the West*. Es fängt mit dem Beat an, dann ein starkes Gitarrenriff, nicht so krass wie die NPR-Tiny-Desk-Version, aber trotzdem, dann die Keys, dann, natürlich genau richtig, das wichtigste Instrument, Trompete. Saxofon, womöglich Flöte. Alles komplex und schön. Definitiv auch Bass, aber den hört er nicht so gut im Straßenlärm, zu tief, und so gut schirmen die Kopfhörer leider doch nicht vom Außenkrach ab. Atmen, sich endlich zum Losgehen animieren und dann nicht mehr stoppen können. An der U-Bahn vorbei, einfach weiter geradeaus, seit er ganz neu hier war, hat er das nicht mehr gemacht, vor vielen Jahren, dieses stundenlange Gehen. Damals wollte er die Stadt kennenlernen, jetzt kennt er sie oder zumindest die relevanten Orte, schon lange, aber was soll's, er hat nichts Besseres vor.

Als das Album fast durchgehört ist, fällt ihm auf, dass seine Route ihn durch Georgs Straße führen wird, aber er macht sich kaum Sorgen, er muss nur die Straßenseite wechseln, auch der Wochentag und die Uhrzeit werden ihm helfen. Georg ist sicher noch im Atelier, er hält sich an den Wochenenden oft dort auf, wenn das Wetter trüb ist, zumindest machte er das so, bevor sie was miteinander anfingen, und vielleicht, bestimmt, hoffentlich ist er jetzt wieder zu dieser Routine zurückgekehrt. Als sie sich noch trafen, befürchtete Cemal stets unterschwellig, sie könnten Gül und Ekin über den Weg laufen. Er war so fixiert auf seine eigene Welt, dass er nie auf den Gedanken gekommen war, es könnte einmal umgekehrt passieren: dass Gül einen neuen Partner haben und man sich zwangsläufig begegnen würde. Dabei ist das doch viel naheliegender, langfristig betrachtet. Das mit Georg war nur für einen Moment, ganz leicht von einer neuen Beziehung in Güls Leben zu überdauern. Sie hat natürlich nicht vorgehabt, alleine zu bleiben. Und sie ist kein Typ für kurzweilige Geschichten, logisch wird sie noch mal heiraten, vielleicht sogar Ekin einen neuen Nachnamen geben, und was ist er dann noch, fragt er sich und verlangsamt seinen Schritt und nähert sich und hält schließlich vor Georgs Haustür an und inne und starrt und wartet. Natürlich wird er nicht klingeln. Natürlich wird es nicht zu einem Wiedersehen kommen, kein Halbkreislächeln und kein falsches Mitsingen und keine immerwarmen Fingerspitzen, die Cemal in den Mund nahm, kein Geschmack nach Alepposeife und ihrer leichten Bitterkeit, nach sich zu Hause fühlen und einfach nur Wohlwollen. Nichts davon, nur Weitergehen.

15/

Süveyde sagt: »Eine Ehe ist schwierige Arbeit. Man teilt miteinander und verheimlicht voreinander.« In diesem Moment ist es für Cemal, als wäre er nie mit Gül zusammen gewesen, als gäbe es sie gar nicht, weil er nur er selbst ist, *bir ben var ki benim içimde, benden öte benden ziyade*, und alles ist er. Er wird sich erst nach dem Aufwachen darüber erschrecken, wenn es ihm wieder einfällt. Jetzt gerade existiert nur das Unwissen, das Süveyde füllen wird, wie er hofft, denn er will sie weiterreden hören, es beruhigt ihn, wenn sie unmittelbar zu ihm spricht. Und sie ist großzügig, wie alle sie noch Kennenden es bis heute bezeugen, und erfüllt seinen Wunsch, wieder in diesem Zimmer, und sie ist so alt, dass Erzählen sie anzustrengen scheint. »Eine schwierige Arbeit«, wiederholt sie. »Weder wollte ich heiraten, noch wollte ich nicht heiraten. Es gehörte zum Leben dazu, ich dachte nicht darüber nach. Du wachst jeden Morgen neben diesem Menschen auf und legst dich jeden Abend neben ihn, und du spürst, wenn er schlecht träumt und sich viel bewegt, wenn er sehr tief schläft und dabei schnarcht, du hörst, wenn er im Schlaf redet, und du hörst, wie er frühmorgens zum Beten aufsteht. Ich kannte Yakup mein Leben lang und kannte ihn doch gar nicht.«

Cemal merkt es noch nicht, aber in seinem Körper, genauer: in seiner linken Schulter, passiert etwas Unangenehmes, vielleicht hat er sich bei seinem stundenlangen Sehnsuchtsmarsch einen Zug geholt, oder er wird einfach nur spürbar älter, was sich nicht gegenseitig ausschließen muss, jedenfalls gießt sich allmählich ein Schmerz über seinen Schlaf aus, und es fühlt sich wirklich genau so an: wie eine Karaffe, deren Wasser sich in einem gelassenen, perfekten Kreis auf der Baumwolltischdecke ausbreitet, weil man das Behältnis aus Unachtsamkeit umgestoßen hat oder vielleicht weil beim Abräumen des Tischs dein Gegenüber ganz leicht, aber deutlich spürbar mit seinem kleinen Finger deine Handkante entlanggefahren ist und du nicht mit dieser Zartheit umgehen kannst, damals am Bächleplatz, als deine Mutter vermutlich guten Willen zeigen wollte und Sinan einlud, zum Essen zu bleiben, sich selbst nicht mit an den Tisch setzte und euch alleine ließ. Mechanisch dreht Cemal seinen Körper nun im Schlaf, die Unterbrechung lange genug, dass Süveyde zunächst verschwunden scheint. Bevor in Cemal Trauer darüber aufkommen und ihn womöglich wecken kann, ist sie wieder da, jetzt wieder jung, nicht mehr im Zimmer, sondern im Hof.

Sie hat das Schneiden der Okraschoten durch das Verrühren von Hennapulver mit Wasser ausgetauscht. Kneten, kleine, in der Oberfläche rissige Planeten aus der Masse formen, welche der Braut in die Handflächen gepresst werden. Eine von Yakups Schwestern wird heiraten, und der Abend vor der Hochzeit ist, wenn man Süveyde fragen würde, schöner als der Hochzeitstag selbst. Denn an solchen Abenden kommen viel mehr unterschiedliche Zeitempfindungen zusammen als normalerweise: Manche der anwesenden jungen Menschen blicken einem ganz neuen Leben oder mindestens einer Andeutung davon entgegen, die Braut zum Beispiel, aber auch ihre unverheirateten Freundinnen, die ihr früher oder später folgen werden. Denn das ist ja ein Weg, den alle irgendwann gehen, und das Warten darauf ist aufregend – in allen Formen, die dieses Gefühl annehmen kann, je nachdem, wie nah der Aufbruch schon ist. An so einem Abend mischen sich besonders viel Kindergeschrei und -lachen und -weinen in die Luft, und während die Kinder sich selbst wahrscheinlich nur in ihrer eigenen Gegenwart erleben, stößt ihre Anwesenheit doch auch wieder die verschobenen Zeitempfindungen der restlichen Personen an diesem Ort an. Cevhere springt zwischen ihren Tanten, anderen Kindern, den Großmüttern, Großtanten umher. Alle hier sind Familie und fremd zugleich. Süveyde ist die einzige echte Instanz für Cevhere, ihr Fixpunkt. Sie ist die Mutter, und daran kann niemand etwas ändern, nur Gott, und selbst dagegen würde Süveyde mit allen ihr möglichen Mitteln verhandeln, tövbe tövbe, ein schneller Gedanke, er hat sie überrumpelt. Sie will und muss sich erden, sucht zwischen den ungewohnt vielen Gesichtern das ihrer eigenen Mutter. Es scheint ihr ein direkter, ein gerader Weg zu sein: das Wissen darum, dass ihr Körper erst einen Menschen und dann Nahrung für diesen Menschen macht und schließlich zu sich selbst zurückkehrt und genau das sich in ihrer Tochter fortschreibt und auf sich zurückblickt und bleibt, genau, wie es in Süveyde selbst auf sich zurückblickt und bleibt.

In Mutters Gesicht besteht eine kaum auffällige Gemeinsamkeit mit dem Gesicht von Süveydes früherer Mutter. Sie zu erwähnen, ist bis heute unmöglich, doch heimlich fragt Süveyde sich durchaus noch, wie es der Zurückgelassenen geht und ob sie überhaupt noch lebt, dort, wo sie ist oder war, dort, wo Süveyde selbst war. Bis heute hat sie nicht von ihr geträumt. Es ist tröstlich und schmerzhaft, dass ihre jetzige Mutter ähnliche Furchen um die Mundwinkel hat. Vielleicht liegt es ja an ihr, ihrem Tochtersein, vielleicht hat sie genau diese Anordnung der Linien in den Gesichtern ihrer Mütter hervorgebracht, und ja: Genau das ist Merkmal weiterer Zeitempfindungen. Menschen aus drei Generationen sind im Hof der Brautfamilie, und während manche ganz da sind, andere aufgeregt in die Zukunft blicken und wieder weitere, zum Beispiel Mutter, in diesem Leben schon viele Tage hinter sich gebracht haben und nicht mehr mit allzu viel

Aufregung rechnen, versteht Süveyde, dass sie Abende wie heute nicht nur wegen dieses Zusammenkommens mag. Sondern weil es bedeutet, dass all diese Personen unterschiedliche Dinge fühlen, hier in diesem Hof eingeschlossen, und dieses Viele ist das, wie Süveyde sich in fast jeder Minute ihres Daseins hier fühlt. An Abenden wie diesem gibt es Raum dafür, weil niemand wissen muss, dass es ihr ständig so geht, und sie sich dennoch durch die Gemeinschaftlichkeit verstanden fühlen kann, ohne wirklich verstanden zu werden.

Sie fühlt das Gewicht eines Blickes, sucht nach ihm und erkennt, dass Schwiegermutter sie ansieht. Süveyde erschrickt, fühlt sich ertappt, schaut weg, sie hat keine Zeit zu deuten, was die dritte Mutter in diesem Moment über sie denkt, was in ihrem Blick liegt. Vermutlich das Übliche, nämlich dass ihre Schwiegertochter sonderbar ist. Ob sie das ihrem Sohn so eingeredet hat? Andererseits kann Süveyde es auch nicht leugnen – sie ist ja seltsam. Im Alltag ist sie für alles außerhalb ihrer Aufgaben als Mutter überflüssig, was sich jetzt, da Cevhere nicht mehr so klein ist, noch bemerkbarer macht. Die Betreuung sollte an Intensität abnehmen – das wird jedenfalls behauptet, gemeinhin, aber Süveyde sieht es anders und ihr Lämmchen vielleicht auch, denn es kommt immer zu ihr, schmiegt sich an sie, braucht sie, um in der Nacht beruhigt zu werden, niemand außer Süveyde kann Cevhere zum Einschlafen bringen. Man ist eifersüchtig auf dieses Bündnis, sie wird beschuldigt, sich zu sehr auf das

Kind zu stürzen, kein Wunder, dass sie nur dieses eine hat. Yakup sammelt Fäden des Unmuts in den Ecken des Hauses auf, verknotet sie miteinander, legt ihr den faserigen Ballen in die Hand, ohne loszulassen, und sein Festhalten sagt: Hier, das ist die Wahrheit, so ist es doch mit dir, und er weiß so wenig über den Körper einer Frau – das Verlieren und Behalten, das Ausbleiben, die ständigen Krämpfe vom Nabel bis in die Beine, ob Blut oder nicht, die es schwer machen können aufrecht zu stehen, die Flecken, die sich im Sichtfeld dadurch bilden können und das Sehen stören, und noch so vieles, dass das Aufzählen Süveyde ermüden würde –, dass er seine stumpfen Wörter vermutlich für die Wahrheit hält. So gibt es schon lange keine Berührung mehr zwischen ihnen, nur noch scharfe Kanten, an denen beide sich nicht schneiden wollen. Süveyde weiß langsam nicht mehr, was sie von sich halten soll in diesem Dasein, denn nichts, was sie tut, scheint genug zu sein, und umgekehrt ist ihr das Leben auch nicht genug, um noch mehr dafür zu geben, noch mehr von sich selbst abzuverlangen. Ein Gefühl, dessen Ähnliches sie noch gut aus ihrer Kindheit kennt, aus den Tagen, als die Erinnerung an ihr früheres Leben zurückkam. Es fühlte sich so an, als wäre sie niemandes Tochter, als hätte der Bach, in dem sie ertrank, sie wahrhaftig auch zur Welt gebracht, am falschen Ort, und dann war sie hier, ohne es sein zu wollen. Sie lernte bald, dass sie nicht darüber sprechen durfte, Mutter bekümmerte es, wie Süveyde begriff, weil Vater es ihr erklärte – denn die Bekümmerung zeigte sich in Wut statt in Tränen, zu verschachtelt, um von Süveydes zehnjährigem Ich erfasst zu werden. Aber es wurde ihr erklärt, sie verstand und schwieg und gewöhnte sich daran. Sie kam in das Alter der jungen Frauen, die sie heute an diesem Abend umgeben, in das Alter der Braut und ihrer Freundinnen. Die Gewohnheit war bereits so tief verankert, dass tägliches Leben möglich war. Sie konnte sich einreden, dass alles hier genug sei, sie konnte so tun, als blickte sie in die Zukunft, auf das Mehr von allem hier. Aber es war nicht echt. Und als es immer seltener wurde, dass sie darüber zufrieden war, wie die Sonne in den Raum drang, wenn Yakup da war – sie nunmehr anfing, diese Wärme und Sicherheit nicht mehr zu schätzen –, verstand sie, dass sie sich nichts einreden kann, was Gott nicht in ihr Herz gegeben hat. Aber sie ist trotzdem nicht allein, sie hat ja immer noch ihr Kind, Cevhere, das liebe Lämmchen, das Innere ihres Auges, es wächst wie von Gott vorgesehen und wird ihr entwachsen, weil auch das vorgesehen ist – und was dann?

16/

Nach der Trennung von Gül musste Cemal lange Zeit weiter an sie denken. Aus unterschiedlichen Gründen. Das Paarsein vermisste er nicht, aber dazu gehörten auch Momente als Einheit mit Ekin, und diese wiederum vermisste er sehr und tut es noch. Er vermisste überhaupt nicht Güls Sachen und die ganzen bedeutungsaufgeladenen Opfergaben an ihre Ehe, die überall in der Wohnung verstreut waren – Hochzeitsfotos, in Wandstickern und Postkarten festgehaltene generische Liebesbekundungen an das Leben, Urlaubssouvenirs, Krimskrams überall –, aber ihm fehlte ihr Geruch sehr, und die Abwesenheit hielt ihn in den ersten Monaten vom Schlafen ab. Seine Eltern und Schwestern nahmen die Trennung fast wortlos hin. Selkan ließ sich zu einer Bemerkung über das arme Scheidungskind Ekin hinreißen, Büşra konnte sich einen Kommentar im Sinne von: Ihr habt noch nie zusammengepasst, nicht verkneifen, seine Mutter hat bis heute nichts dazu gesagt, und Kadir wirkte zunächst auch so, als setze er auf silent treatment. Wie es mit alten

Menschen aber so ist, änderte er während eines Telefonats, als man sich wie jeden Samstag nach Cemals Wohlbefinden erkundigen wollte, unvermittelt seine Haltung und sprach die Situation seines Sohnes an, um sich fast direkt in Gedächtnisfragmenten aus seinem eigenen Leben zu verlieren. Er begann, davon zu sprechen, wie schwer er die Zeit als alleinstehender delikanlı gefunden hatte, damals, ganz neu in Deutschland, alle, auch sein alter Freund Erwin aus der Fabrik (»Erwin Onkel, der später ein Gasthaus eröffnet hat, den kennst du doch noch, da habe ich dich immer hingebracht, da warst du noch ganz klein, er hat dir jedes Mal eine Fanta gegeben, du erinnerst doch noch!«), sie alle hätten ihm ans Herz gelegt zu heiraten, was er dann ja auch tat. Aber vorher. Das Wohnheim. Cemal behielt das Telefon am Ohr und blickte einmal Kraft suchend in den Himmel, denn wer übers Wohnheim sprach, musste auch über das Schuften, das ewige Schuften sprechen, und eigentlich hatte er gerade keine Zeit, sich das anzuhören, er war mitten im Einzug in seine neue Wohnung, aber baba jetzt ins Wort zu fallen, wäre brutal. Kadir setzte zu einem Bericht an über das Schuften, überlegte es sich aber nach einem halben Satz anders, das Angesprochene verebbte, nach einer Pause sagte er: »In Ordnung, mein Sohn, sorge gut für dich. Und ruf uns an.« Sie legten auf, und Cemal war erst ein bisschen erleichtert, nichts über die Fabrik oder über Verlustängste bezüglich des Enkelkindes hören zu müssen, dann traurig, dann ungeduldig, da er sich nun selbst an die Schwere von allem erinnert hatte. Aber ja, was sein Vater vermutlich meinte: Der sichere Hafen, der warme Herd oder welche kitschig anmutende Floskel auch immer eine Art der Sicherheit suggeriert, die man nur als Ehemann mit einer in der Küche sehr fleißigen und obendrein auch noch talentierten Ehefrau haben könne – diese unterschwellige Aufforderung nach dem Zurück zum Erstrebenswerten, Cemal hörte sie auf jeden Fall heraus. Aber er hatte nicht vor, sich nochmals in eine selbst eingeredete Symbiose zu begeben, in dieses Wir, unzufriedenstellend, obwohl es ist, was es sein sollte und wie man es erwartet hat, aber es genügt nicht, und dann macht man ein Kind und denkt erst: Das war es, was fehlte – und das stimmt, aber überhaupt nicht auf die Art, wie man es annahm, und das wird dann erst so richtig deutlich. Und weil es dann erst so richtig deutlich wird, kommt ein Aufbäumen, und man tut vieles, um etwas zu retten, was keine Sinnhaftigkeit mehr in sich trägt und in dieser Form womöglich sogar nie trug. Gül bemühte sich, Cemal bemühte sich. Sie schlug vor, eine große Feier zum fünften Hochzeitstag (der nie erreicht wurde) auszurichten. Er überraschte sie mit einem (sehr ernsthaften und bis ins kleinste Detail recherchierten) Off-Brand-Vorschlag für eine Urlaubsreise nach Gran Canaria. Sie las Beziehungsratgeber, befand, dass das alles Müll war und sie stattdessen so richtig schonungslos erst mal bei sich selbst anfangen, die eigenen Knotenpunkte entwirren sollte, um die Partnerin und Mutter zu sein, die sie sein wollte, sie begann eine Therapie. Er ließ sich tätowieren.

Ihren Namen als Bild, multipliziert und mitten auf seine Brust. Von links nach rechts oder umgekehrt erstreckt sich die schwarze Rosenranke eine Ekin-Handbreit unter seinem Hals, von Achsel zu Achsel. Wer weiß, was er sich dabei gedacht hatte. Tätowierungen sind als Liebesbeweis furchtbar ungeeignet, das weiß jedes Kind, und er, kindlich-kindisch zum Ende seiner Ehe hin, wusste es auch, tat so, als ließe er das Bild für sich selbst machen, und nicht als erneutes Versprechen an Gül, nicht als: Schau doch, wir gehören immer noch zusammen, auch wenn wir es nicht mehr fühlen. Es war sein erstes Mal, die Tätowiererin prophezeite ihm, es werde nicht das letzte sein, niemand lasse sich die Haut nur einmal stechen. Vielleicht hatte sie recht, denn Cemal benötigte wider Erwarten schmerzbedingt mehr als eine Sitzung, um die Rosen in Gänze auf seinen Körper zu bringen. Oder sie irrte sich, denn für Cemal blieb es bei diesem einen Motiv. Darüber hinaus kannte er außer sich selbst noch eine weitere Person, die den Spagat zwischen keinem und vielen Tattoos schaffte, nämlich Georg. Auf seinem rechten Arm lebt ein riesiges buntes, kompliziertes Bild, in der Tat: Es wirkt lebendig, das Motiv ist ein abstrakter Mensch, aus seinem Kopf wächst ein Haus, und unter seinem Kinn trägt er eine zweite, kleine Person aus Kreisen, es sind kaum zählbar viele Linien und Ebenen.

Cemal hielt Georgs Tattoo für eine logische Folgerung seiner Liebe zu allem, was mit Design zu tun hat. Ob das stimmte, klärte Georg nicht auf und sprach umgekehrt auch nie Cemal auf die Rosen, die multiplizierte Gül, an. Denkbar, dass er vermutete, es könnte etwas mit Cemals Ex zu tun haben, denkbar auch, obgleich unmöglich und nur zu jener Zeit denkbar, weil es von Cemal damals gedacht werden konnte, dass er es als »so ein Türkending« abtat. Die kitschige rote Rose, der heißblütige und gleichzeitig übermäßig gemächliche, aber in jedem Fall viel zu viel von allem ausstrahlende Orientale, man kennt es. Cemal spürte zwar, dass er mit dieser Befürchtung falschlag. Aber am Anfang, und ehrlicherweise auch noch eine ganze Weile später, zog er in seiner Überforderung abwegige Schlüsse, um es nicht als zu gut wahrzunehmen, was er hatte. Nicht davon abhängig werden. Genau das, was du wolltest. Es ist schwer, im Sinne dessen zu handeln, weil es heißt, dass dein Gegenüber dich als ganzen Menschen sieht, in einer Gelassenheit, die dir fast unverschämt vorkommt und dir Bewunderung abringt, eine Feststellung, auf die viele weitere, deutlich weniger angenehme Gefühle folgen müssen.

Einerseits schien es für Georg kein relevantes Vorher zu geben, vergangene Beziehungen waren ihm egal. Andererseits aber interessierten ihn vielleicht Parallelen, aus früheren Erfahrungen abgeleitete Verhaltensweisen – oder womöglich war es doch nur das Füllen der Stille, als er anfangs noch versuchte, sich mit ihm über Dating zu unterhalten. Cemal hatte schon seit tausend Jahren niemanden gedatet. Die letzte Person vor ihm war Gül gewesen, das wusste Georg, dennoch fragte er. Obwohl, wenn Cemal darauf zurückblickt und ehrlich ist: Er fragte nicht, er erzählte, wahrscheinlich versuchte er tatsächlich, auf diese Art vorzufühlen. Vielleicht also als Eisbrecher sprach er von einem Treffen aus der jüngsten Vergangenheit, es ging nicht genau hervor, wann das gewesen sein sollte – nachdem sie das erste Mal miteinander geschlafen hatten oder davor –, und Cemal hörte sich still und unruhig an, wie Georg von diesem langweiligen Typen sprach, ohne deutlich zu erkennen, warum er das jetzt tat. Das Beschriebene war so belanglos, wie es der betreffende Mann offenbar auch gewesen war, und ging nicht über wenige Sätze hinaus. Es war ein Köder, den Georg nach ihm auswarf, und Cemal war unsicher, ob oder wie er anbeißen sollte. Sie saßen auf Georgs Balkon, und etwas in der Art, wie sein Gegenüber sprach, seine Gestik oder sein Lachen, irgendwas, erinnerte Cemal an etwas Altes. Er hatte das spontane Bedürfnis, das mitzuteilen, Georg von Sinan zu erzählen, mit ihm über dieses Universelle zu sprechen: zu entdecken, dass man liebt, und das bereits Entdeckte wieder zu entdecken. Georg stand auf, um Getränke von drinnen zu holen, setzte sich und stand sofort wieder auf, um eine neue Platte aufzulegen, und als er wiederkam, erzählte Cemal nicht von Sinan. Es hatte keine Bedeutung für das hier, befand er.

Natürlich war das falsch. Zöge man Cemals Schwestern zurate, würden sie ihm aufbinden: Erzählst du ihm von deiner ersten Liebe, dann liebst du ihn noch mehr als diese erste Liebe – als alte Dorfweisheit würden sie es verkaufen, dabei ist es einfach nur eine Fallstudie, basierend ausschließlich auf Büşras Biografie, eine empirisch sehr schwache Erhebung, gegen die Selkan aus Respekt vor der älteren Schwester keine Kritik anbringen wollte. Egal, denn unbestreitbar kündigte die Erinnerung an Sinan etwas an: dass Cemal sehr bald schon nicht mehr würde aufhören können, darüber nachzudenken, warum Georg dieses schmerzhaft wortlose Bedürfnis nach Mitteilung in ihm provozierte, diese Schere in seinem Kopf – sich verstanden fühlen, jedoch keine Ahnung haben, woran genau sich das festmachen lässt, weil man zu viele Schweigsamkeiten in sich trägt und das mitbedingt, dass sich alles viel intensiver anfühlt, als man es auszuhalten vermag, und man es trotzdem nicht anders haben will mit diesem schönen Menschen. Das Geheimnis davon, warum Georg so stark auf Cemal wirkte, ist und war wirklich kein Geheimnis. Er kommentierte Cemal nicht, nahm sichtbare Spuren wie die Tinte an seinem Körper ebenso hin wie erahnbare Prägungen aus der Jugend, alles vergangen, trotzdem noch da, die Summe aller Überlappungen das, was ihr Ouroboros, sie hatten es ja gebildet, überhaupt erst so gut machte. Es ist einige Zeit vergangen, deswegen kann Cemal sich jetzt erlauben, es zu denken: Umgekehrt ging es Georg mit ihm kaum anders, es war ein Spiel der Ähnlichkeiten. Und es muss gefragt werden: Habib, ist das nun endlich der Punkt, an dem du über das Verlorene trauern, es anerkennen möchtest?

17/

Die Gegenwart hat ihn zurück, punktuell zumindest, und er lässt wie immer alles ungeklärt, hat alle Fragen, auch die letzte, nicht hierher mitgenommen. So gesteht er sich weiterhin nichts ein, und das bringt ihm auch keine Erleichterung. Ja, die Gegenwart hat ihn zurück, punktuell zumindest, und er erlebt jede Stunde viel zu deutlich. Um sie zu füllen, hat er bereits alle Klassenarbeiten für die Rückgabe am ersten Schultag korrigiert, den Unterricht vorbereitet, Material für die AG zusammengestellt. Ekin wird dieses Wochenende nicht zu ihm kommen. Seit er sie auf dem Spielplatz in Güls Obhut übergeben und die Ankündigung seiner baldigen Ersetzung erhalten hat, hat er fast täglich gegen Abend eine zusätzliche Trainingssession eingelegt, um die nervtötend langsam vergehenden Stunden zu füllen. Jetzt tut ihm alles weh, und er lässt sich ein heißes Bad zur Linderung ein. Die Wanne ist ein guter Ort, vielleicht der einzige, an dem gesammeltes Wasser beruhigend auf ihn wirkt. Cemal hat, genau wie seine Mutter, deren Bruder in einem erst zugefrorenen und dann eingebrochenen See ertrank, Angst vor der Menge und der Tiefe und dem Treibenlassen. In der Wanne besteht selbstverständlich keine berechtigte Sorge, er kann ja gar nicht vollständig eintauchen. Die Wanne ist außerdem der einzige Ort, an dem Cemal Podcasts hört. *The Daily* klärt ihn auch jetzt wiederholt und in neuer Ausfertigung über die nahende Apokalypse auf, es ist maßlos deprimierend und beängstigend, aber er käme gerade nur unter größter Anstrengung an sein Telefon, um die Sendung auszuschalten. Gezwungenermaßen hört er weiter zu und überlegt, warum er ein Kind in diese Welt gesetzt hat, dann verschiebt er den Gedanken, hat nicht jede Generation bislang gedacht, sie sei die letzte, was kann man da schon tun. Sein Vater erzählte ihm einmal, dass kurz vor seiner Geburt das gesamte Dorf umsiedelte, weil sich der Bruch eines Staudamms in unmittelbarer Nähe und sodann ein Erdrutsch anbahnte. Cemal denkt darüber nach, wie es sich für babaanne angefühlt haben mag, das zu erleben. Sicher muss sie gedacht haben, dass die Welt untergeht, sicher hatte sie Angst um ihr noch nicht geborenes Kind. Alle Häuser, alles Aufgebaute zurückzulassen und neu anzufangen. Kadir machte diese Erfahrung also schon, bevor er überhaupt auf der Welt war. Kein Wunder, dass er es Jahrzehnte später wieder tat, dass er nach Deutschland ging, das Lassen war ihm bereits eingeschrieben. Das Sichverschlingen-Lassen vom gurbet, das Hinter-sich-Lassen von Orten und Menschen. So gesehen war es schon lange vorbestimmt, dass Kadir seinen Sohn jahrelang nicht bei sich haben würde. Womöglich war vielmehr das Holen, das Zu-sich-Holen, nicht vorbestimmt. Und daher unnatürlich, als es dennoch passierte.

Die Podcastfolge ist längst vorbei, eine weitere wird schon seit etwa zehn Minuten abgespielt, aufgezwungen durch Autoplay, aber Cemal merkt keinen Unterschied, er hört nicht mehr zu, und das Badewasser wird langsam kalt, was er durchaus wahrnimmt, wogegen er aber nichts unternimmt.

Sein Vater war auf einem anderen Kontinent, als er geboren wurde. Sein Vater verzichtete auf diese erste Zeit, wenn ein Baby gerade erst da und alles an ihm faszinierend ist, selbst wenn man das schon tausendmal erlebt haben sollte. Sein Vater verzichtete auf dieses Gefühl, das Cemal von dem Moment kennt, als sein eigenes Kind zum ersten Mal sichtbar seine Stimme erkannte, sein Vater verzichtete darauf, dem Sohn beim Laufenlernen zuzusehen, ihn erste Sätze sprechen zu hören. Er gab ihm nur einen Namen, von Deutschland aus, übers Telefon, und den hat Cemal kurz vor seiner Einbürgerung so unauffällig abgelegt, dass es bis heute nahezu unmöglich für seine Familie ist, mit ihm darüber zu streiten. Die ersten zweiunddreißig Jahre seines Lebens hieß Cemal Cemil. Vor sich selbst kreiste er den Grund dafür, warum er den Vokal in der zweiten Silbe austauschen ließ, vage darauf ein, es sich selbst einfacher machen zu wollen, als würde es einen systemischen Unterschied machen, für die Deutschen, so sagte man damals, womöglich vertrauter klingend zu heißen, zumal das unsinnig war, da ja auch der neue Name türkisch war – und somit angeblich unaussprechlich, kompliziert, nicht gut genug, für Hinterfragung und Bewertung freigegeben. Wen interessiert seine damalige Begründung heute noch, im mittlerweile geradezu unangenehm kalten Badewasser kann Cemal es auch genauso gut zu Ende denken: Er wollte sich selbst benennen, das letzte Wort haben. Das ist alles. Sein Vater spürte es. Er war erleichtert gewesen über die neue Staatsangehörigkeit seines Sohnes, hatte stolz und neugierig nach dem Ausweis gefragt, und der abweichende Buchstabe im Vornamen war ihm trotz den Alltag bereits stark beeinträchtigender altersbedingter Sehschwäche natürlich sofort aufgefallen. Cemal wehrte ab: »Ein Schreibfehler, die deutschen Behörden und unsere Namen, baba, du weißt doch.« Klar, baba wusste – aber um seinen Sohn eben genauso gut wie um die Behörden, acht Jahre Zurücklassen und versäumtes Aufwachsen vom Baby zum Kleinkind und vom Kleinkind zum Schulkind hin oder her. Cemal merkte es an Kadirs sofort leicht geschrumpfter Haltung, er kam ihm wie ein verwundeter Bär vor. Womöglich befand sein Vater, den Schlag zu verdienen, denn er sagte nichts, nahm die fadenscheinige Erklärung an. Eine vielleicht überflüssige Kränkung, denkt Cemal nun und dreht den Warmwasserhahn jetzt doch auf, scheiß auf die Energiekosten.

Ziemlich sicher hätte er es Kadir ersparen sollen. Aber er tat es nicht, und das lässt sich nie mehr ändern. Ein Kreislauf der Unumkehrbarkeiten zwischen baba und oğul.

18/

Es passiert. Cevhere wächst schneller, als Süveyde es sich vorgestellt hat, und erst recht schneller, als sie es sich gewünscht hat. Wenn das so weitergeht, ist ihr Lämmchen bald nicht mehr nur im Jetzt, sondern wird anfangen, über die mögliche Zukunft nachzudenken und Fragen über Formen des Vergangenen zu stellen. Es wird anfangen, die Sterne am Himmel zählen zu wollen, es wird ihm davon abgeraten werden, es wird fragen, wieso. Süveyde wird dann sagen: Weil die Sterne Gottes Unendlichkeit bezeugen, und sie zu zählen, würde bedeuten, dass du Gottes Unendlichkeit zählen willst. Süveyde weiß, dass Cevhere diese Antwort erfassen wird und die Spukgeschichte zur Abschreckung nicht braucht, die Kindern häufig erzählt wird – zählst du die Sterne, bekommst du Flecken auf den Händen –, man könnte meinen, die erwachsenen Personen, die ständig mit diesem Unsinn ankommen, erzählten ihn hauptsächlich für sich selbst, aus Lust an ebendiesem Unsinn. Süveyde hat diese Androhung vermeintlicher Hässlichkeit nie gebraucht, und Cevhere braucht sie auch nicht. Was ihr Kind braucht, ist Wissen, und zwar das Äußere und das Innere, zahir und batın. Beides, das braucht sie. Warum sollte sie weniger Möglichkeiten lernen, den Gottesdienst zu verrichten, als die Kinder, die zufällig Jungen sind? Süveyde will, dass Cevhere alles lernt, sie kann es ihr beibringen. Und Yakup weiß das. Viele Jahre schon hört sie ihm jeden Morgen zu, sie kennt die Suren, sie kennt die Abläufe. Oder was denkt er, was ihr wirklich Trost gegeben hat in der Zeit der Fehlgeburten? Wenn es etwas gibt, worin Süveyde bei aller Verschrobenheit unbestreitbar verlässlich ist, dann ist es ihr Erinnerungsvermögen. Süveyde hat bereits ihr dreißigstes Jahr erreicht und fragt sich immer noch, warum – oder vielmehr: kann sich immer noch nicht damit abfinden, dass – das Wissen einer Seele im weiblichen Körper versperrt werden soll. Und es liegt nicht am Körper, Süveyde weiß das, es liegt nicht am Körper. Alles, was mit ihm, genau wie mit dem Geist oder gar mit Eigentum im Wissen um Gott ausgeführt wird, ist Gottesdienst – das ist eine Wahrheit, die wiederum genauso in einer Passage des Gebets ausgesprochen wird, und zwar von allen Geschlechtern. So kann man vielleicht durchaus sagen, dass alles, was der weibliche Körper tut, Verlieren und Behalten und Beschützen und Existieren, Gottesdienst ist. Aber wenn deine Organe sich ein wenig anders geordnet und ausgeprägt haben, dein Körper infolgedessen nicht für neun Monate das geheimnisvolle Zuhause eines anderen Körpers sein kann, bist du frei, dich jeden Tag zu einer festen Zeit ganz deinem Wissen um das gnädig und barmherzig Seiende zu überlassen. Genau das will Süveyde auch, wenn schon nicht für sich, dann für Cevhere. Denn was ist ein Geheimnis schon wert, wenn es dich vom Wissen entfernt? Sie ist sich nicht sicher, wie sie ihren Wunsch wahr machen kann. Schon vor einiger Zeit hat sie begonnen, darüber nachzudenken. Begonnen, sich eine Antwort von Gott für ihr Problem erträumen zu wollen. Nachts hat sie sich hingelegt mit einem neuen Gebet: »Zeig mir, was ich tun soll.« Über Monate hinweg, aber sie hat immer noch nichts im Schlaf gesehen. Jetzt blickt sie auf Cevhere, die ihr schon bis zur Schulter reicht, wie sie im Hof mit den jüngeren Cousinen spielt, und sie muss es sich eingestehen. Dass es keine Frage mehr gibt. Dass sie auch deswegen nichts träumt – weil sie doch schon weiß, was sie machen muss.

Yakup auf etwas anzusprechen, ist eine Sache, die sie noch nie getan hat. Ihr wurde beigebracht, nicht zu viel zu reden. Ja, im Gegensatz zu vielen anderen im Dorf kann sie sich an ihr früheres Leben erinnern, und wenngleich sie seit ihrer Jugend wiederkehrend von allen möglichen Personen darauf angesprochen wird, durfte sie damals schon nicht über das Vorher sprechen, weil es Mutter traurig machte. Süveyde sollte ihr Wiedergeborensein hochhalten als Beweis von Gottes Wirken, aber nur insofern, als das gegenwärtige nicht von Schilderungen des vergangenen Lebens berührt wurde – dabei lässt sich das doch nicht voneinander trennen. Sie war etwas Besonderes, ohne etwas Besonderes zu sein. Auch Kinder, die sich nicht an vergangene Leben erinnern können, verinnerlichen, dass sie möglichst schweigsam sein sollen. Das gilt als Respekt vor den Älteren: sie in Ruhe zu lassen. Weil das Leben so hart ist, alle arbeiten schwer, wollen keine ungebrauchten Stimmen hören, kaum jemand hat Energie für überflüssige Worte. Und diese Kinder werden erwachsen und haben dann immer noch nicht gelernt, wie man spricht, und sie gehen Verbindungen ein mit Menschen, die es auch nicht gelernt haben, warum sollte Süveydes und Yakups Ehe eine Ausnahme davon sein? Sie weiß nicht, wie sie ein Gespräch führen sollen, und er weiß es auch nicht. Zwar hindert ihn das kaum so sehr, wie es sie hindert, oder nicht mehr. In der Anfangszeit, als sie die ersten zwei Fehlgeburten hatte, ließ er sie stumm trauern und trauerte womöglich dadurch selbst auch tiefer (erinnere dich an den Vorfall mit dem Pferd, Habib). Dann kam Cevhere, und zögerlich formte er Sätze in Momenten des Familienlebens, über das Kind, über diese Perfektheit. Seine Glückseligkeit wollte sich in Worten zeigen. Cevhere wuchs, aber unerwartet wuchs auch ihre Mutter zu etwas Neuem: Die abwesende Art, die Sehnsucht nach etwas hier nicht Erreichbarem, sie wurden immer sichtbarer und unverständlicher für Yakup. Süveyde hatte bereits vorher stets ein wenig neben sich gestanden, aber jetzt hatten sie doch ein Kind, es hatte doch geklappt, er verstand nicht, warum sie das Hoffnungsvolle daran nicht sah. Und als sie eine weitere Fehlgeburt hatte, war es klar für ihn: eine folgerichtige Bestrafung, weil sie nicht genug gewollt hatte. Süveyde weiß, dass sie hierin richtigliegt, da das die Zeit war, in der Yakup, genau wie Cevhere und Süveyde selbst, auch zu etwas Neuem wuchs: Von zarten, glücklichen Worten über sein Kind formte sich seine Sprache weiter zu leisen, beständigen Vorwürfen gegen Süveyde. »Du bist nicht hier«, wurde ein wiederkehrender Satz auf seinen Lippen. Also hatte er sie gehört, in all der Zeit, in der sie leise betete: »Gott weiß, ich bin hier.« Und es fühlt sich wie Spott für sie an – Yakup sprach und spricht es ihr noch ab, ihr Sein, das währt immer so weiter, schon lange genug, um kein Zurück mehr schaffen zu können. Und hier sind sie nun, sie muss sich neben ihm aufrichten, in diesem Moment, wo er Wasser aus der Pumpe holt, weil er sonst nie greifbar und immer irgendwo unterwegs ist, sie muss genau jetzt allein durch ihr Hiersein seine Aufmerksamkeit erlangen. Es klappt, er sieht auf. Die Sprache ihres Körpers ist noch nicht ganz verschwunden.

»Cevhere soll mehr als die äußeren Gebete lernen«, sagt Süveyde.

Ihr Mann schaut auf, sein Gesicht zeigt weder Überraschung noch Ärger noch sonst etwas, es ist neutral in seinen feinen Zügen. Er sagt so lange nichts, bis sie es nicht mehr aushält.

»Sie kann alles von mir lernen, du weißt, ich habe im Schlaf Suren gelernt«, sagt Süveyde. »Und ich weiß, was sie bedeuten.«

Er lässt den Blick am Haus vorbeischweifen, zu den Bäumen, die er selbst gepflanzt hat und die, an gewöhnlichen Tagen zu seiner großen Freude, schnell und gesund wachsen.

»Das geht nicht«, sagt er. »Niemand macht das.«

Süveyde erkennt, dass das Gespräch damit für ihn beendet ist, wie könnte sie es auch nicht. Aber sie verharrt trotzdem noch einen Moment an ihrer Stelle.

»Süveyde, ich kann mich nicht die ganze Zeit um dich kümmern, reiß dich zusammen«, sagt er jetzt. »Was du willst, geht nicht.«

In der Nacht legt er seinen Körper neben ihren und seine Hand auf ihre, deren Finger sie beim Ruhen in alter Gewohnheit – das Beschützen, obgleich im Raum dahinter nichts ihren Schutz vor der Welt braucht – über ihrem Nabel ausbreitet. Als könnte er spüren, wie sie an dieses Wort denkt, als könnte er es spüren, aber natürlich nicht verstehen, sagt er: »Du musst das Kind sein lassen, das musst du lernen, du musst vertrauen.«

Sie rührt sich nicht, vielleicht deswegen zieht er sich wieder zurück, die Wärme seines Handtellers bleibt jedoch, und Süveyde weiß nicht, was sie mit diesem Gefühl auf ihrer Haut anfangen soll.

19/

Das wollte er nicht, das will er auch weiterhin nicht. Die schönen Dinge will er sehen. Dinge, die Süveyde zu der Uroma machten, von der Selkan und Büşra ihm erzählten: stets lachend oder mindestens lächelnd, warm und liebevoll, die personifizierte Fröhlichkeit. Er versteht nicht, warum sie so viel Schwere in alles ihm Gezeigte mischt. Yakup hat Süveyde gesagt, dass sie ihr Kind sein lassen soll – Cemal kommt nicht darauf, was das bedeuten mag. Umso mehr beschäftigt es ihn: Heißt es, Cemal selbst soll auch sein Kind lassen, wovon lassen, etwa loslassen? Was ist das für eine unmögliche Aufforderung. Er hatte auf diese Leichtigkeit gehofft: wegen der Orte, die er erinnert oder auch nicht, die ihm jedoch mindestens bekannt vorkommen, wegen Süveydes Augen, die ihn an babaanne denken lassen und daran, wie er als Kind gefühlte Stunden, Tage auf ihrem Schoß verbrachte und einfach nur in das Grün um ihre Pupillen herum schaute, es bewunderte und an nichts anderes mehr dachte, immer dann seine Mutter und Selkan nicht vermisste, weil er von diesem Augengrün abgelenkt war. Süveyde log nicht. Sie sagte ja, sie würde ihm alles zeigen, aber offenbar verstand Cemal nicht, wie wörtlich sie das meinte, und er begreift erst jetzt, dass er gar nicht alles sehen will, und jetzt hat sie ihn schon so tief in ihren Strudel gezogen, dass es nur noch eine Richtung gibt, und die ist nicht: zurück.

»I'LL GİVE YOU ALL THE MİLK AND THE HONEY«

– Yasiin Bey (Mos Def)

20/

Mittwoch auf Donnerstag, es ist spät oder früh. Cemal schläft nicht, er weint. Während der kurzen Phasen, in denen er doch einmal weggenickt ist in den letzten drei Nächten, hat Süveyde sich nur ein einziges Mal blicken lassen, sagte: »Habib, wieso weinst du«, und dann war sie wieder weg, wartete die Antwort gar nicht erst ab oder wusste bereits, dass er darauf nichts Kohärentes würde erwidern können.

Der Schlafmangel wirkt sich ungünstig auf seine Fähigkeit aus, eine gelassene Maske aufzusetzen. Nach dem Vorfall mit Herrn Sowieso im vergangenen Schuljahr und dem ständigen Lauern des Rektors hielt Cemal es für ratsam, sich wieder an der Unsichtbarkeit zu versuchen. Ziele sind ja nicht immer dazu da, erreicht zu werden – häufig ist bereits die Annäherung das, worauf es ankommt. Also rasierte er sich den Bart ab, wohl wissend, dass Ekin das hassen würde, weil sie dann nicht mehr ihre geliebten Glitzerspängchen an seinem

Gesicht anbringen könnte. Sein Kind hasste seinen glatt rasierten Anblick, und er hasste ihn auch. Hasste es, sich zu einer für die Spittels und Sowiesos dieser kleinen Welt gar nicht mal so viel bekömmlicheren Ausfertigung zu machen. Und er gewöhnte sich nicht. Nicht an den Anblick, nicht an den Hass. Jetzt trägt er also wieder Bart, und zwar richtig schön klassisch, an den Wangen kürzer, zwei Fingerbreit unter dem Kinn spitz zulaufend. Das hat die erwartete Wirkung: Seine wieder aufgetauchte Gesichtsbehaarung wird regelmäßig von Personen aus dem Kollegium kommentiert. Eine Nervensäge sagt ständig: »Du siehst aus wie ein Statist aus *4 Blocks*«, eine weitere Nervensäge ergänzt daraufhin stets: »Er ist doch auch Araber, oder, Cemal, bist du doch?!« Normalerweise nickt er jeden Kommentar mit einer Würde ab, die er durch den Konsum vieler Gangsterfilme in seinen Zwanzigern verinnerlicht hat, er ist Brando in *The Godfather*, und das mögen die Nervensägen, weil die Diskrepanz zwischen der Wirkungsmacht eines Don Vito und der eines migrantisierten Grundschullehrers witzig für sie ist. Es scheint eine insgesamt lustige Welt für die Nervensägen zu sein, in der sie tagsüber beliebig Fremdheiten bestimmen und nachts tief und beruhigt schlafen, da sie eben die Bestimmenden sind. Aber Cemal kann nicht schlafen, kann so sehr nicht schlafen, dass er sich inzwischen weniger müde als verärgert fühlt. Seine Lungenflügel verlangen nach Nikotin, wollen den Rauch.

Er steht an der S-Bahn-Station und zündet sich eine Kippe an. Die Bahn hat Verspätung, es wird dauern. Von der Seite hört er pausenloses Gezirpe näher kommen, es sind die beiden Referendarinnen, die immer zusammen rumhängen und sich nach den Ferien über ihre Trips nach Indien und Thailand gegenseitig an die Erschöpfungsgrenze labern. Er könnte weggehen, so tun, als sähe er sie nicht, aber sein Ärger lässt ihn trotzen, man kann nichts von ihm ernten, und so können sie kein Ödland aus ihm machen, sollen sie doch kommen. Ungebeten stellen die beiden sich zu ihm, die eine monologisiert, die andere sagt Hallo und fragt ihn nach einer Zigarette. Sie versucht, Blickkontakt mit Cemal aufzunehmen, und will ihm törichterweise vielleicht sogar ein Lächeln entlocken, als er ihr sein Feuerzeug reicht. Vergeblich. Als Strafe für seine Ignoranz steckt sie das Feuerzeug ein. Der Zug kommt und kommt nicht, stattdessen schiebt sich aus dem Nichts eine Wolke über das Gleis. Hagelkörner trommeln auf die Überdachung, die Kante des Bahnsteigs, die Werbetafeln gegenüber und die umliegende Natur. Die Referendarinnen sind überrascht, und mindestens eine von ihnen hat hörbar Angst um ihre Balkonmöbel. Cemal interessiert der Hagel nicht: Ekin ist noch in der Nachmittagsbetreuung, und Gül arbeitet montags von zu Hause, niemand von ihnen hat Dachschrägenfenster, die kaputtgehen könnten, also kein Grund zur Sorge. Genauso schnell, wie der Hagel gekommen ist, hört er auch wieder auf, die Wolke zieht ab, der Himmel lichtet sich ein bisschen. Das Gezirpe wird wieder lauter, und Cemal hört, worüber die Referendarinnen mit Ausnahme des kurzen Exkurses zu den Balkonmöbeln die ganze Zeit reden. Letzte Woche war der 19. des Monats. Ein Kind hatte von zu Hause eine Rose mitgebracht, die es in einem Glas auf die Fensterbank im Klassenzimmer stellen wollte. Als Geste der Erinnerung, denn Hanau ist überall, immer. Überall, immer. Die Klassenlehrerin hatte keine Gefühle dazu, die Referendarin aber schon. Cemal hört heraus, dass es sich um die erste Referendarin handelt, die hier ihr Leid zirpt. Sie versteht seitdem die Welt nicht mehr – »warum beschäftigt sich so ein kleines Kind mit so einer Geschichte, das ist doch jetzt auch schon Jahre her, in der Schule hat so was nichts zu suchen« – und kann nicht aufhören, sich Bestätigung von der zweiten Referendarin zu ereden. Die zweite Referendarin versteht die Welt auch nicht mehr, jedenfalls behauptet sie das, aber es reicht der ersten nicht als Zuspruch, und so wendet sie sich schließlich unvermittelt an Cemal, auf dass er ihr Absolution für ihre Ignoranz erteilen möge. Er sehnt sich geradezu nach dem markerschütternden Kreischen irgendeines bremsenden Zuges auf dem Gleis. Es wäre so schön, wenn jetzt welche S-Bahn auch immer käme und Metall auf Metall ihm das Antworten abnehmen könnte. Aber der Zug ist inzwischen endgültig ausgefallen, und Cemal will einfach nur noch weg hier. Er sieht den beiden Heuschrecken nicht in die Gesichter, als er ihnen sagt, dass sie eher an ihrer

Empathie als am Verstehenwollen arbeiten sollten, wenn das Begreifen so schwer für sie ist.

Die Tage sind also genauso beschissen wie die Nächte. Und die Abende. Stunden später trifft Cemal sich spontan mit Anne, besucht sie zum Abendessen, Rotwein und baklava im Rucksack, erzählt ihr von den Mikroaggressionen allein der letzten paar Tage, kotzt sich so richtig aus. Um in einem geschützten Raum wütend sein zu dürfen, um zu teilen, dass das Dagegenhalten und Sprechen so viel Kraft raubt, aber eben einfach sein muss, ja, auch um einen Realitätscheck zu erhalten, denn das macht Rassismus mit dir: Du weißt nicht mehr, was wahr ist und was nicht. Aber Anne ist für die Spiegelung nur bedingt zu haben. Warum er nicht die Schule wechsle, will sie wissen – als ob das möglich wäre –, überhaupt: warum er nicht den Beruf wechsle, wenn doch alles so schlimm sei.

»Cemy, du tust ständig so, als wärst du allem immer nur ausgeliefert.«

Sie trinkt ihren Wein aus, er schüttelt energisch den Kopf, die Mundwinkel weit nach unten gezogen, Karikatur eines griesgrämigen alten Mannes, und füllt ihre Gläser wieder auf. Man trinkt, aber nicht genussvoll, sondern pflichtbewusst, und schweigt, nicht freundschaftlich, aber verärgert auf eine Art, wie nur Nahestehende miteinander sein können.

»Was meinst du mit ›allem‹«, sagt Cemal schließlich.

»Du tust ein bisschen so, als wären immer die anderen

schuld. Die Schule ist scheiße, aber du willst da nicht weg; mit Georg wird es ernst, also tust du so, als würde er Unmögliches von dir verlangen.«

»Bullshit.«

»Nein, nicht Bullshit! Wie du das mit ihm gemacht hast, und wie du das mit allen deinen Beziehungen gemacht hast, fällt dir da nichts auf? Und jetzt darf Georg darunter leiden.«

Der Wein schmeckt viel zu sauer, halb billiger Fusel. Mit allen meinen Beziehungen, wiederholt Cemal in seinem Kopf. Für einen Moment lässt er sich hineinziehen, fragt: »Tut Georg das denn noch. Darunter leiden.«

»Ja, Mann, natürlich! Du hast dich einfach verpisst«, ruft Anne fast schon und gibt sich einen sanften Facepalm. Das stimmt, ist aber eigentlich gerade nicht das Thema. Cemal seufzt, beginnt, den Tisch abzuräumen, sein noch halb volles Glas im Spülbecken auszukippen, sich in Richtung Diele zu bewegen. Anne braucht nicht lange, um den plötzlichen Aufbruch als solchen zu erkennen, und kommt hinterher, während er sich bereits die Schuhe anzieht.

»Jetzt hau doch nicht schon wieder ab! Lass uns darüber sprechen.«

Er will ihr antworten, dass sie diese Dinge nicht vermischen darf. Ihr erwidern, dass strukturelle Diskriminierung nichts mit seinem Liebesleben zu tun hat und es da nichts zu vergleichen gibt, ja, dass es ungeheuerlich ist, das zu tun, selbst wenn oder auch weil er für eine

Sekunde schwach wird und sich darauf einlässt, obwohl es nichts zur Sache tut und sie nicht einfach Angriffe auf seine Existenz mit Cemals persönlicher Bindungsfähigkeit oder auch -unfähigkeit gleichsetzen kann. Darüber hinaus: dass er die Schule nicht verlassen kann, weil das Unterrichten sein Ort ist und er das nicht aufgeben kann, weil systemisch etwas falsch läuft. Dass er nicht dazu genötigt sein sollte, das zu rechtfertigen. Dass er das bislang sicherlich oft getan hat, dass er aber jetzt, wenn Anne mal wieder alles durcheinanderwirft, einfach weil sie es kann, weil sie zu denjenigen gehört, die bestimmen und benennen – so beharrt sie ja sogar hartnäckig auf dem Namen, den sie ihm in der fünften Klasse gegeben hat: Cemy –, es eben mal lässt. Er sagt es aber nicht, sagt gar nichts, zieht seine Jacke an, deutet ein Nicken in Annes Richtung an, ohne sie noch mal anzusehen und in ihrer Mimik die Antwort auf seinen wortlosen Rückzug abzulesen, und geht.

Verstehst du das, Selige, selig Ruhende, Rahmetli, selbst wenn es so weit weg von deiner Welt ist? Anne darf diese Dinge nicht miteinander vermischen, und auch niemand sonst darf das tun. Nur gibt es eben diesen einen gemeinsamen Nenner, nämlich dass beide Lebensprobleme, die Anfeindungen vom Außen und die Brüche im Inneren, Cemals Sein schon so lange ausmachen und sich bereits jetzt übergriffig in die Zukunft seines Kindes mit einschreiben. Schon ewig vor Ekins Geburt, schon ewig bevor er und Gül überhaupt versuchten, ein Baby zu machen, war ihm klar: Die nächste Generation wird auch nicht aus der Veranderung, dem Fremdgemachtwerden und seinen Konsequenzen ausbrechen können. Ekin wird nicht nur bis ans Ende ihrer Tage über ihren Platz in diesem Land, in dem sie geboren wurde, reflektieren, sondern sich selbst ständig aufs Neue aktiv verteidigen müssen. Wie soll er ihr dabei helfen, wenn er für sich selbst keine Stelle ausgemacht hat, an der er fest stehen kann? Er muss sortieren, er muss wegpacken. Und was bleibt, ist diese verdammte Schlaflosigkeit, die ihn tagsüber ärgert und nachts ein Portal zur Trauer öffnet.

Also ist es spät oder früh, Mittwoch auf Donnerstag, er ist seit dem letzten Traum im Wachsein gefangen, sitzt mit einer nicht angezündeten Zigarette zwischen den Fingern auf seinem Bett und hat den Rücken an die Wand gelehnt, das Kissen ist in der Ruhe suchenden Herumwälzerei auf den Boden gefallen. Seine Augen tun weh, und er denkt, ein wenig Wasser könnte helfen. Wie Nurcihan in seiner Jugend unzählig oft ihm und allen gegenüber wiederholte: »Deine Hände, dein Gesicht, wasch sie, es wird dich erleichtern.«

Im Badezimmer macht er das Licht an, er ist so wach, dass die Grelle jetzt auch schon egal ist. Das Wasser ist schön kalt, er füllt seine tiefen Handteller und führt sie zum Gesicht. Ein weiteres Mal will er das tun, aber er verharrt mit den zur Schale geformten Händen unter dem Wasserhahn. Er fühlt sich plötzlich an dede erinnert. Im Orangenhain gab es unter der Wasserpumpe dieses große Steinbecken – heute würde Cemal seine Form mit einem Grab vergleichen, vier niedrige Mauern um den Ruheplatz –, mit einer blechernen Schale wurde das Wasser aus ihm geholt. Früh wartete er darauf, groß genug zu werden, um das selbst zu tun, diese seltsame Vorfreude, die Kleinkinder auf das Verrichten der langweiligsten Alltäglichkeiten empfinden können. Als es endlich so weit war und er die Schale selbst füllen durfte, fiel sie bei seinem ersten Versuch in das Becken, und das war zu tief für ihn, um sie herauszuholen. Es fühlte sich wie ein riesiges Problem für sein vierjähriges Ich an: Die Schale ist versunken, was tun? Dede schlug einfach nur den Ärmel seines Hemdes ein wenig weiter hoch und holte mit einem Griff das Behältnis aus dem Wasser. Es war nun gefüllt, Cemal konnte trinken. Ein andermal war die Schale nicht auffindbar, dann formte dede seine eigenen Hände zur Schale, so wie Cemal jetzt, und hielt sie seinem kleinen Enkel zum Trinken hin. Das Wasser sprudelt aus dem Hahn über Cemals gefüllte Hände hinweg, holt ihn schließlich zurück, er stoppt, richtet sich auf, blickt in den vorbildlich sauberen Spiegel, den er noch vor wenigen Stunden aus Ablenkungsgründen manisch geputzt hat. Betrachtet seine roten Augen und kann ausnahmsweise nicht wegsehen, der Blick auf sich selbst zieht ihn in sich hinein, bis das alte Gefühl wiederkommt: sich nicht zu kennen. Womöglich eine andere

Person zu sein. Er schüttelt sich, als hätte jemand mit kalten Händen von hinten seine Schultern gepackt, um ihn zu erschrecken, und geht aus dem Raum, will sich nicht länger ansehen. Das Bett ist jetzt kein guter Ort, er geht daran vorbei, am Raumteiler und am Sofa auch, und legt sich auf den kilim, das mitgebrachte Stück aus der früheren gemeinsamen Wohnung mit Gül und Ekin. »Alle deine Beziehungen«, hat Anne gesagt. Sie hat keine Ahnung.

21/

Er möchte Süveyde die Schuld geben – bevor sie erschien, kam er doch irgendwie gut genug zurecht. Kurz denkt er: Zeig mir nichts mehr, und ist sofort darauf entsetzt. Von babaanne weiß er noch, wie fragil Träume sind. Wenn Cevhere fragte: »Wen habe ich bloß letzte Nacht gesehen«, dann war das stets auch eine Aufforderung, an wen auch immer sie für die Träume verantwortlich machte, ebendiese bitte niemals stoppen zu lassen. Sie brauchte die Bilder, die zu ihr kamen, um sich ganz zu fühlen. Und Cemal braucht sie nun auch, verdurstet gleichsam ohne sie. Außer Süveyde ist gerade nichts anderes da, um ihn zu halten. Er fühlt sich wie zu jener Zeit als Grundschüler, als sein Vater ihm im einzigen gemeinsamen Urlaub das Schwimmen beibringen wollte, allerdings ohne jeglichen didaktischen Ansatz, ihn im Salzwasser losließ, auf dass Habib vom Überlebensinstinkt angetrieben schwimmen möge. Eine Welle kam – Cemal bestätigt sich selbst, dass sie schlicht zu hoch gewesen sein muss, sogar sein Vater war bis zur Brust unter Wasser, falls die

Erinnerung wahr ist – und schnappte nach ihm, drohte ihn wegzutragen. Cemal trank unfreiwillig das Salzwasser, schluckte und hatte Durst. Schwer zu sagen, ob er in dieser Situation das erste Mal bewusst Todesangst hatte – als Säugling hatte er sie ja auch, wie alle Säuglinge, aber vermutlich kann niemand mit Gewissheit sagen, ob die armen kleinen Schlucker sich darüber im Klaren sind. Er reibt sich die Augen, massiert mit Daumen und Zeigefinger die Nasenwurzel. Sein Zeitgefühl ist zwar schon lange weg, aber auf die Wanduhr kann er sich noch verlassen. Sie verrät ihm, dass es inzwischen eindeutig nicht mehr spät ist, sondern früh und auch das nur noch bedingt. In dreißig Minuten müsste er aufstehen, um sich für die Arbeit fertig zu machen. Er wird sich krankmelden. Wird im Wartezimmer der Hausärztin sitzen, das gelbe Licht und die gelben Wände und damit verbunden die Frage, warum man sowieso schon kranke Menschen diesem Gefühl aussetzt, geschrumpft und in eine Urinprobe getaucht zu werden, werden ihm wie immer Rätsel aufgeben, die Hausärztin wird ihm wie immer ein bisschen näher kommen, als er es für angemessen und nötig hält, er wird nichts sagen, weil er wie immer nicht in der Lage sein wird zu erkennen, ob das eine Anmache oder einfach die Art ist, wie sie ihrem Beruf nachgeht. Ärztin der alten Schule, die Leute im Behandlungszimmer sind Objekte, nicht Menschen. Alles in ihm sträubt sich, er will liegen bleiben, obwohl sein Rücken sich allmählich bitter über die Härte des Fußbodens beklagt. Er will liegen bleiben und an Georg denken, sich vorstellen, in Situationen besser gehandelt zu haben, als es der Fall war. Dafür gesorgt zu haben, im Guten verweilen zu können. Es irritiert ihn weiterhin, was Anne gesagt hat. Nicht die Widersprüche, aber das »immer noch«. In Cemals Kopf ist Georg eine Person, die nicht lange trauert, *go with the flow*, genau wie es in einem seiner Lieblingslieder zum Leicht-am-Ton-vorbei-Mitsingen heißt. Cemal richtet sich auf, der Rücken steif, er reibt sich noch mal mit den Händen über das müde Gesicht und kommt sich dabei wie ein Otter vor, bevor er aufsteht und sein Handy sucht. Sich noch mal kurz aufs Bett setzt und den Liedtext mitliest. Georg hat sich nie die Mühe gemacht, den Text vollständig auswendig zu lernen, ehrlicherweise ist das bei Queens of the Stone Age sowieso eher sinnlos, wer kann schon wissen, wovon die Songs wirklich handeln. Gitarrenriff, Cemal hat keine Ahnung, welche Akkorde es sind, nicht wichtig, er kann sie spüren, das reicht ihm, auch die miserable Tonqualität des Telefons tut kaum Abbruch. Er sieht Georg vor sich, wie er Kaffee kocht, dabei ein bisschen wie von Iggy Pop ferngesteuert tanzt und einzelne Wörter halb melodisch mitmurmelt. Er will genauer hinhören. Josh Homme singt erst über das, was außerhalb des Bildausschnitts ist, dann auf einmal über ein Gefühl auf der Haut, das sich nicht wegwaschen lässt. Dann bringt er auch noch den Tod mit rein, Josh, Bruder, was machst du da nur, er besingt jetzt dieses Etwas, das jeder Mensch unweigerlich irgendwann kennenlernt, dieses Etwas, das so gut ist, dass du dafür sterben willst.

Cemal startet das Album von vorne, nimmt das Telefon mit ins Badezimmer und geht unter die Dusche. Seift die Rosenranke auf seiner Brust ein und bleibt an diesem Gedanken hängen: etwas so wahr zu finden, dass man sein Leben lassen könnte. Das ist es doch gewesen, was er sich und Gül damals beweisen wollte, das ist es doch gewesen, warum sie Ekin gezeugt haben. Dann war sie da, und Sterbenkönnen wurde tatsächlich echt, für sie. Er hatte große Angst davor, von Ekin mit der Endgültigkeit seines Weggangs konfrontiert zu werden, wenn sie verstünde, dass er sie nicht mehr jeden Abend ins Bett bringen, nicht mehr jederzeit einfach verfügbar sein würde, unumkehrbar. Und wie könnte sie das nicht verstehen, denkt er, oder wenn nicht verstehen, dann in jedem Fall spüren, denn sein Kind ist einfühlsam. Damals war ihm genauso klar wie jetzt, dass Georgs Anteil an dieser Endgültigkeit der geringste wäre: Das Familienleben neu anordnen zu müssen, war so oder so zu einer Tatsache geworden. Es kam wirklich nicht darauf an, ob Gül und Ekin von Georg wussten oder nicht. Und während Cemal also sich selbst sagt, dass er sich wegen des Kindes das Ende seiner Ehe nicht vollständig eingestand und sich in Folge nicht ganz auf die Beziehung mit Georg einließ, hier, jetzt, mit QOTSA aus dem Handylautsprecher und einem Stück Aleppoopseife in der Hand, die er angefangen hat zu benutzen, weil er den Geruch tröstlich findet, geht ihm nicht auf, dass er sich selbst in einen Zustand manövriert hat, der Sterbenkönnen durch einen Zwiespalt aus Totsein und Weiterleben ersetzt hat. Stell dir einen Tremor vor, selig Ruhende, Rahmetli, ein Zittern, weil der Körper sich nicht entscheiden kann, ob er nun einen Schritt machen soll oder nicht, Stillstand, ohne stillzustehen, Rahmetli, aber du weißt es ja selbst – diese eine Frage, die mich schon immer umtreibt, ich hörte sie als Kind in einem Lied: *Su üstüne yazı yazsam kalır mı?* Sie muss mit Ja beantwortet werden. Ja, es ist möglich, dass auf oder in einem Wasser, einem Bach zum Beispiel oder einer dich fast wegtragenden Welle oder einem zugefrorenen See, darauf oder darin also, Zeilen bleiben, die man auf die Oberfläche dieses Wassers geschrieben hat. Cemal hätte anders antworten sollen, damals am See. Georg fragte: »Ist in deiner Familie schon mal jemand ertrunken«, und Cemal hätte wahrhaftig sein und dadurch alles Weitere in ihrer Beziehung neu, besser, ehrlicher beeinflussen sollen. Er hätte Ja sagen sollen, hätte sagen sollen: »Ja, und manchmal habe ich das Gefühl, dass mindestens eine Person davon ich war.«

22/

Was sich bereits angekündigt hatte: Süveydes Machtlosigkeit, ist folgerichtig eingetroffen. Sie hat es versucht, wird sie doch ohnehin von ihrem Mann für unverständig gehalten, hat also alles getan, um sich durchzusetzen. Es erneut angesprochen. Morgens zur selben Zeit wie er das Bett verlassen, Cevhere geweckt, sich und ihr Kind neben ihn gestellt. Er hat sie weggeschickt und tagelang weder mit ihr noch mit dem Kind gesprochen, er hat so getan, als existierten sie nicht. Schwiegermutter ist zu ihr gekommen und hat sie belehrt. »Tochter, was willst du? Willst du uns zum Gespött machen? Hör auf damit.« Ihr blieb keine Wahl, sie hat gehorcht. Was sich bereits angekündigt hatte, ist folgerichtig eingetroffen. Und Süveyde ist nicht überrascht. Vermutlich ist sie noch nicht einmal verärgert, noch nicht einmal traurig, Cemal kann jedenfalls nichts in ihrem Gesicht erkennen. Er weiß nur, er wäre beides.

Ihr etwa dreißigjähriges Gesicht zeigt ihm nichts, es hat sich in den Schatten von herunterhängenden, obstschweren Ästen zurückgezogen. Er sieht, dass ihr Haar heller geworden ist, weiße Fäden haben sich in ihre Zöpfe gemischt. »Du wirst es noch verstehen«, sagt sie und blickt Cemal direkt an, aus dem Traum heraus. »Du vergleichst es mit dem, was du gelernt hast über das Vatersein. Und das, was du über das Vatersein gelernt hast, vergleichst du mit dem, was du über das Muttersein gelernt hast. Deswegen kommt dir nichts genug vor. Viele hier sprechen von der Mutterliebe, nichts reiche an sie heran, sagen sie. Meine Mütter sprachen von ihr, genau wie Cevhere noch als alte Frau über meine Liebe zu ihr sprach, darüber, wie sie sich meine Liebe als Vorbild nahm für ihre Liebe zu Kadir, für ihre Liebe zu dir. Wie ihr ein Messer in der Brust steckte, als er ging, ein zweites, als du gingst, und wie beide blieben. Genau wie Nurcihan, die ihre Liebe an dich und deine Schwestern bis heute an Cevheres Vorbild ausrichtet. Weißt du, wie sehr sie getrauert hat, als Cevhere starb? Sie trauert immer noch, spricht immer noch davon, dass das rechte Auge ihrer geliebten Schwiegermutter sich nicht schließen ließ, weil Nurcihan in Deutschland war, weil es nach ihr suchte, als Azrail kam, für einen letzten Blick. Doch niemand weiß, wann es Zeit ist, und so konnte auch sie nicht wissen und nicht früh genug da sein.

Siehst du, Habib, so sprechen viele über die Mutterliebe, die stärker als jede andere Liebe sei. Zuerst habe ich auch so gefühlt. Yakup hat entschieden, was das Richtige für unser Kind sei. Es tut ihm nicht weh, dass ihr Wissen verweigert wird. Ihm nicht, aber mir. Deswegen dachte ich zunächst: Es ist diese Mutterliebe, die stärkste Liebe. Aber, Habib, du weißt es ja: Es geht immer darum, jene Entscheidungen zu treffen, die dein Kind beschützen. Cevheres Vater hat entschieden, was das Schützende für sie ist, deswegen schmerzt es ihn nicht. Ich durfte nicht entscheiden, deswegen hat mich der Schmerz gefunden. Ist das wirklich diese stärkste Liebe, von der sie sprechen?«

Die Schatten der Orangenblätter und Früchte werden größer, verbergen nun auch die weißen Fäden in Süveydes Haar, und allmählich verwandelt sich ihr Gesicht in eine Leinwand für eine andere Szenerie, die nichts mehr mit dem Dorf und ihrem Sein zu tun hat. Sie überlässt Cemal einem neuen Traum, unheimlich ist es, er ist wieder acht Jahre alt, sitzt auf der Rückbank von Kadirs Ford Taunus, der Vater hinterm Steuer, die Mutter auf dem Nebensitz. Neben ihm selbst liegt ein neues Spielzeug aus Deutschland, ein weiteres Auto, diesmal gelb, mit dem er große Teile des Sommers und dieser Fahrt in unterschiedlichen Graden des Enthusiasmus gespielt hat. Sie sind schon seit zwei Tagen unterwegs, das Auto ist vollgepackt und stickig, Habib hat schon alle Gefühlsregungen von nervös zu müde zu gelangweilt zu frustriert zu traurig durchgemacht – und die Fahrt ist immer noch nicht zu Ende.

Die Landschaft hat sich verändert in den letzten Tagen und Stunden, die ihm wie Jahre vorgekommen sind.

Es gab den Staub, es gab trockene Bäume mit Blättern irgendwo zwischen Grün und Braun, es gab gar keine Bäume und holprige Straßen, es gab gar keine Bäume und glatte Straßen, an deren Rändern gelbe Felder. Und jetzt gibt es nur noch Grau, die Straßen sind darin eingefärbt, so breit, dass nichts anderes mehr existiert, und das fällt Cemal auf, weil das Auto langsamer fährt, denn in einiger Entfernung macht das Grau einen Knick nach oben, es hat Kästen auf der Straße geformt. Ihm fallen die Schilder an den Wegrändern auf, die vielen aufgemalten Linien auf dem Beton. Künstliche Farben, sie versuchen gar nicht erst, die Natur zu imitieren. Nurcihan lehnt sich vom Beifahrendensitz aus nach hinten in seine Richtung und hält ihn dazu an, brav und ruhig zu sein. Er schaut durch den Rückspiegel in Kadirs Gesicht, zur Selbstversicherung, dass alles in Ordnung ist, aber sein Vater konzentriert sich auf das vor ihnen, auch wenn Cemal dieses Wort, konzentriert, damals noch nicht kennt und auch sonst kaum deutsche Wörter spricht. Das Auto ist nun so langsam, dass es beinahe zum Stillstand kommt, Cemal will schon fragen, ob sie nun endlich da sind und wo ihr Haus ist, aber er spürt, dass das jetzt irgendwie frech und falsch wäre und er die nächste Warnung in einer höheren Lautstärke kassieren könnte. Sie rollen in einen der grauen Kästen, zu seiner Verwunderung stellt Cemal fest, dass das möglich ist und dass sich bereits Menschen in dem Kasten befinden. Sie stehen links vom Auto. Durch eine Tür können sie noch tiefer in den Kasten hineingehen, und durch ein verhältnismäßig kleines Glasfenster können sie hinaussehen. Sie haben alle die gleichen Sachen an, sie sind alle Männer. Soldaten, versteht Habib. Oder vielleicht Polizisten? Müssen sie nun ins Gefängnis? Ist es das bereits? Baba steigt aus dem Auto aus und geht an Cemals Seite vorbei ans hintere Ende. Der Kofferraum öffnet sich. Was, wenn sie baba mitnehmen? Als Strafe dafür, dass er ihn endlich geholt hat vielleicht, oder aus anderen Gründen? Er schafft es nicht einzuordnen, warum das Grau und die Menschen darin beängstigend sind. Nur dass sie es sind, ist ihm klar. Seinem jetzt wieder achtjährigen Ich wird warm, so warm, dass sein jetzt wieder vierzigjähriges Ich aufwacht. Bis der Schlaf ihn zurückholt, spricht er sich selbst zur Beruhigung zu: »Die Grenzen sind schon lange offen.«

23/

Vielleicht sind sie offen, vielleicht auch nicht. Jedenfalls sind sie, unleugbar, Chamäleons. Nachts verschwand das Grau, nicht unbedingt in der Finsternis, aber im nicht Bewussten. Habib hatte dann keine Angst vor den Kästen, weil er kaum den Schlaf verließ, wenn das Auto langsamer wurde und hielt und nach einer Weile weiterfuhr, sein Vater irgendwo auf diesem Zeitstrahl ihre Pässe den Grenzbeamten gab, Kofferraum und Taschen für den Zoll öffnete. Aber im Wachsein war – ist – es etwas anderes: die Unmöglichkeit der Unsichtbarmachung. Das hat Cemil, Habib, Cemal gelernt, als seine Mutter sich zu ihm umdrehte und ihn zum Stillsein mahnte. Es kam Unsichtbarkeit am nächsten. Wenn du dich schon nicht in Luft auflösen kannst, dann verhalte dich so unauffällig wie möglich, versuche, mit der Rückbank des Autos zu verschmelzen, ein Teil von ihr zu werden. Dann bist du beinahe zu übersehen, und was noch von dir sichtbar ist, ist nicht ganz so schlimm, denn dann bist du wenigstens immer noch nützlich oder zumindest tolerabel, denn du bist ja Teil eines Gebrauchsgegenstandes. Du bist ein Objekt, und das fühlt sich nicht gut an, aber die Erzählung darüber, dass es gut sei, ist so stark, dass du dich von ihr mittragen lässt. So hat Cemil, Habib, Cemal es einmal und dann wieder und wieder gelernt. Die Schwierigkeit daran – spiegelverkehrt genauso wahr wie alles andere, was Cemal Anne gerne erwidert hätte – ist Folgendes: dass du in deiner Randposition gar nicht in Frieden Objekt sein kannst. Du bist in dieser Welt, und du musst etwas damit anfangen. Du wächst, Rahmetli, und du lernst, dass du Verpflichtungen hast, die über die eines Objektes hinausgehen, du lernst, dass du Gegenstand sein sollst, aber eben auch Mensch, und du kannst dich nicht wehren, du liebst, und du arbeitest, und du verlierst, und du lässt andere verlieren. Du liebst es zu leben, denn du bist Mensch, du kannst kaum anders. Und du arbeitest, denn du willst und musst etwas mit deinen Sinnen, deinem Sein, deinem inneren, echten Wesen – deinem ruh – anfangen, und du verlierst, weil es Arbeit gibt, die du verrichten musst, obwohl sie niemals etwas bringen wird. Zu ihr gehört das Erklären dessen, was nicht erklärt werden sollte und was niemals verstanden wird von denen, deren Umgang mit ihrem eigenen Unverständnis im Zweifel dein Weiterleben beeinflusst. Du kannst dich dem Erklären vielleicht einmal verweigern, vielleicht zweimal oder vielleicht sogar tausendmal. Aber es wird immer wieder nach dir greifen, im Dunkeln, im Hellen. Das kannst du nicht leugnen, Rahmetli, so war es doch auch bei dir. Deine Arbeit war, Yakup überzeugen zu wollen, weil du Cevhere liebtest, ihr alles ermöglichen wolltest. Er hat es nicht verstanden, und du hast dich der Erklärung verweigert. Hast du nicht genau deswegen verloren? Du konntest dich nicht durchsetzen. Es ist kein Geheimnis, dass deswegen ein Damm in dir gebrochen ist und dich verändert hat, babaanne hat mir erzählt von deinem Schweigen. Du hast dein eigenes Verlieren weitergegeben, denn du hast die Stille auf sie übergehen lassen, hast plötzlich nicht mehr zu deinem Kind gesagt als das Allernötigste. Niemand hat mit ihr über die Dinge zwischen ihren Eltern gesprochen, über alles, was sie nicht begreifen, aber eben spüren konnte. Du hast sie alleine gelassen, genau wie dein Enkel mich alleine ließ und genau wie ich mein Kind alleine gelassen habe. Und ich wünsche mir jetzt eine Antwort von dir, kein weiteres Ausweichen: Wie soll ich das Gegenstand-Sein verlernen und nur Mensch sein?

24/

»Tövbe tövbe.«

Dieser Ausspruch, den Cemal nie verwendet und der in seiner Jugend jedes Mal Augenrollen bei ihm auslöste, wenn Nurcihan ihn aufsagte, kommt ihm im Moment des Wachwerdens schneller über die Lippen, als sein Verstand zurückhalten kann. Aber es stimmt ja auch, es tut ihm leid, dass er seiner Ahnin gegenüber respektlos gewesen ist, zumindest in der Theorie. Vielleicht ist es auch etwas Altes von zu Hause, überlegt er, während er sich aufrichtet und den Wecker ausmacht, bevor er losklingeln kann. Das Einfordern von Antworten mit Respektlosigkeit gleichzusetzen. In Cemals Kindheit war es unmöglich, Rückmeldung auf Fragen zu erhalten. Wenn er etwas wissen wollte und so töricht war, das zu äußern, war das in der Regel die Garantie dafür, erbarmungslosem Schweigen zu begegnen. Seine kindlichen Fragen (»Warum ist der Himmel blau? Warum arbeitet baba manchmal tagsüber und manchmal nachts?«) waren lästig, die Fragen der Erwachsenen (»Hast du dein Bett gemacht? Hast du deine Zähne geputzt?«) hingegen waren valide. Als er nach Deutschland kam, gehörte Büşra auch schon beinahe dieser Welt der Großen an, auf ihrer Seite im gemeinsamen Zimmer waren keine Spielsachen, nur Bücher. Es dauerte ewig, bis Habib verstand, dass Büşra bei seiner Ankunft in ihren Zwanzigern war, seit Jahren ihr eigenes Geld verdiente und in die Schule zu gehen für sie bedeutete, dass sie nach langen, nervigen Arbeitstagen noch ins Abendgymnasium stiefelte, um perspektivisch Jura studieren zu können. Ja, Habibs kindliche Fragen waren ihr lästig, aber sie hatte auch kaum Zeit, sich selbst irgendwas zu fragen, geschweige denn zu beantworten, sie tat es Rick Ross gleich, war nur am Hustlen. Und sie übertrug diese Mentalität auf ihn, ließ ihm einen Büchereiausweis machen, als er noch nicht mal aus der Förderklasse raus war, zeigte ihm ihre Lieblingsecke in der muffigen Stadtbibliothek, Bücher, die sie in seinem Alter gelesen hatte – beantworte dir alle deine Fragen selbst, kümmere dich darum, dass etwas aus dir wird.

Er sollte sich mal wieder bei ihr melden. Und bei Selkan auch. Seine ablas, das Licht seiner Augen und die Nischen seiner Leber. Die ihn aufzogen und vielleicht so liebten, wie Süveyde von Cevhere sprach. Ihn ungesagt begreifen ließen, dass nicht die kindlichen Fragen das Problem waren, sondern die Spiegel, die dadurch in elterliche Hände gelangten.

In einer Hand: Lebensrealitäten, die immer nur Gegebenheiten gewesen sind, Aussagen, keine Fragen, keine

Antworten, manifestiert an diesem Hier aus fremden, spitzen, gespaltenen Zungen, die Worte nicht immer verständlich, aber die Befehle stets überdeutlich. Für die einen dadurch, dass sie angeschrien werden vom Meister – wenn der Akkord nicht eingehalten werden kann, weil eine Form falsch rausgekommen ist und neu gegossen werden muss, was aber nur passiert ist, weil der Akkord eben zu schnell ist und kein Mensch ihn zehn Stunden lang mithalten kann. Der kleinste Fehler ein Weltuntergang. Für die anderen dadurch, dass sie immer so angesehen werden, als seien sie begriffsstutzig, wenn der Herr Doktor in der Praxis oder die Hausdame in der Kurklinik ihnen lächerlich laut und lächerlich langsam und mit lächerlich vielen Gesten bedeutet, was sie putzen sollen, obwohl es dasselbe wie immer ist und die Arbeit noch nie weniger als makellos ausgeführt wurde.

Die andere elterliche Hand hielt auch einen Spiegel hin: Lerne so früh wie möglich, dass du in diesem Hier nichts bist, auch wenn wir dir eigentlich etwas anderes beibringen wollen und für dich auf jenes Andere hinarbeiten, und jetzt viel Spaß mit diesem Oxymoron, du wirst dein Leben lang versuchen, es aufzulösen.

Nein, es war nicht respektlos, von Süveyde Antworten zu verlangen. Aber es war überflüssig, unlogisch.

25/

Und so zeigt sie ihm nichts. Cemal fühlt sich im Stich gelassen, ist gleichzeitig froh und merkt, dass nichts in seinem Inneren noch Sinn macht, dass er sich im Kreis dreht. Womöglich ist es so weit, womöglich verliert er unwiederbringlich den Verstand.

Gül ruft ihn an. Es ist Mittwochmittag, eine seltsame Zeit zum Telefonieren.

»Ich habe einen Termin in Ekins Schule, wäre gut, wenn du mitkommst.«

Er spürt sofort sein Herz hämmern, fragt, was passiert sei.

»Kennst du noch dieses Scheißlied, das früher im Musikunterricht durchgenommen wurde? Diese ›Muselmann‹-Scheiße«, sagt Gül.

Klar kennt er diese Scheiße noch.

»Die hatten das jetzt im Musikunterricht, und Ekin hat sich geweigert mitzumachen.«

»Aslan kızım«, platzt es aus Cemal heraus, »Löwentochter ya.«

»Ja«, sagt Gül, und er stellt sich vor, wie sie lächelt. »Sie hat das Notenblatt nach der ersten Stunde mitgebracht und mir gezeigt. Glaubst du das: Die Lehrerin hat diesen Scheiß extra als Kopien an die Kinder verteilt, weil das Lied gar nicht mehr im Schulbuch steht. Jedenfalls ...«, er hört, wie sie ihre Wohnung verlässt und auf dem Weg nach draußen weiterspricht, »wir haben darüber gesprochen, und ich habe ihr gesagt, dass sie zu rassistischer Kacke Nein sagen kann und nicht mitmachen muss.« Er hört den Hall ihrer Worte im Treppenhaus.

»Aslan Ex-Frauım«, sagt Cemal.

»Jaja, maşallah bize«, erwidert Gül, »aber das gab natürlich Ärger, und wir müssen das klären. Wäre wichtig, dass du mitkommst.«

Er ist enttäuscht von der Schule, die er schließlich selbst nach langer Recherche für das Kind ausgesucht hat. Weil er einige Leute dort noch aus dem Referendariat kennt, weil er weiß, dass das Team dort nicht nur zwei, drei Migras in Assistenzrollen beinhaltet, weil er das Portfolio der Schule kennt und weiß, wie die dort eigentlich aufgestellt sind. Aber es braucht nur, wie bei erschreckend vielen Dingen im Leben, eine Person, um die Lage zu kippen. Sie sitzen einer Frau gegenüber, von der Gül nach dem Termin zu Cemal sagen wird, dass sie so aussieht wie die Heldin ihrer Kindheit, Mary Poppins, aber in böse, und die so tut, als könne sie nicht verstehen, warum nicht nur das besagte Wort in dem Lied rassistisch ist, sondern auch die Verse, in die es sich bettet.

Cemal sieht sich eine der drei riesigen Pflanzen an, die die »Besucherlounge« der Grundschule als separaten Bereich im Korridor markieren sollen, ohne dass Wände sie umgeben. Eine Monstera steht neben Frau Berufverfehlts Sessel und lässt eines ihrer Blätter genau über dem Kopf der Musiklehrerin hängen. Es würde Cemal nicht wundern, wenn sie gleich einen Säbel aus ihrer Tasche zieht und die Pflanze zur Bestrafung klein hackt, bevor sie auf ihn und Gül losgeht. Als die Lehrerin im selben Moment wirklich in ihre Tasche greift, muss er fast lachen. Es ist aber nur eine Thermoskanne, in deren Deckel sie, dem Gestank nach zu urteilen, Früchtetee gießt und schlürfend trinkt. Er blickt zu Gül, um in ihrem Gesicht zu lesen, ob auch sie das Schlürfen als beabsichtigte Respektlosigkeit auffasst. Eindeutig.

Früher war Cemal stets aufs Neue erstaunt über die Unbedarftheit von Leuten, hat selten verstanden, warum Menschen ihn spontan nicht ausstehen konnten, obwohl er umgänglich war, hat nicht verstanden, dass sie Äußerungen nicht aus Unverständnis, sondern in voller Absicht trafen. Als wäre alles, was nicht körperliche Gewalt ist, keine Gewalt – ja, noch nicht mal Absicht. Aber er hat dazugelernt. Die Wirklichkeit ist nicht schmerzhafter als zurechtgebogene Freisprechungen.

Gül sagt: »Ist Ihnen eigentlich klar, dass es schon seit Jahren einen abgewandelten Liedtext ohne diese Rassismen gibt? Wieso haben Sie nicht den verwendet, wenn Sie schon unbedingt das Lied durchnehmen müssen?!«

Frau Berufverfehlt sagt allen Ernstes, dass dies ihre pädagogische Entscheidung gewesen sei, die hier nicht zur Debatte stehe. Es gehe hier nur darum, dass »das Kind sich dem Unterricht verweigert und somit ein Ungenügend verdient«.

Cemal sagt: »Unsere Tochter verweigert sich nicht dem Unterricht. Sie verweigert sich Ihrem Rassismus.«

Jetzt befinden sie sich auf einem Karussell. Die Musiklehrerin beharrt auf ihrer Weltsicht, Gül und Cemal beharren auf der Wahrheit, und so drehen sie sich. Einige Male geht das so, bis Frau Berufverfehlt nach einem abschließenden Hagebuttenschlürfer sagt: »Na ja, vielleicht kann Ihre Tochter ja auch gar nicht richtig mitmachen, dann ist das hier natürlich nicht die geeignete Schulform für sie.«

Demnächst explodiert er, er spürt es. Sein Bein zuckt. Gül legt ihre Hand auf sein Knie und sagt, sie verlange nach der Rektorin, um das Gespräch weiterführen zu können.

Frau Berufverfehlt sagt: »Frau Merkner ist nicht im Haus, so spontan geht das ja auch gar nicht. Sie wollten ja auch den Termin vorverlegen, ich weiß ja nicht, wie Sie sich das immer vorstellen. Wir haben hier auch noch andere Dinge zu tun.«

Cemal wird am Abend winzige Kerben von Güls Fingernägeln auf der Haut über seinem Knie entdecken. Durch die Stoffhose gebohrt.

Wortlos ist beiden klar, dass sie das Gespräch an dieser Stelle abbrechen müssen. Im Aufstehen sagt Cemal der

Musiklehrerin, dass er und Gül sich wegen eines weiteren Termins an das Sekretariat wenden werden und man sich dann nochmals zusammensetzen kann. Ihnen wird mit leichtem Schulterzucken geantwortet. Sie gehen grußlos, und Cemal stellt sich vor, wie das große Monsterablatt über Frau Berufverfehlts Kopf sekundenschnell immer weiter wächst und sich schwer und riesig und unausweichlich senkt, bis es eine Wand vor ihr bildet und sie einfach für immer dahinter verschwindet. Mit ihrem scheiß Hagebuttentee.

Draußen strahlt die frühabendliche Herbstsonne sie an.
»Kaffee?«
»Ja. Let's go.«
In Güls Wohnung hat sich auf den ersten Blick fast nichts verändert. Der Esstisch in der Wohnküche ist immer noch mit diesen schicken und trotzdem wundersam gemütlichen Stühlen ausgestattet. Ekin übernachtet heute bei den Großeltern, denn Gül hatte schon so ein Gefühl.
»Damat nerede«, fragt Cemal unschuldig.
»Erstens bei der Arbeit«, sagt Gül, »und zweitens zieht er nicht hier ein, ohne dass du ihn kennengelernt hast. Das müssen wir jetzt auch wirklich bald mal machen.«
Statt einen Termin vorzuschlagen, fragt Cemal, ob sie schon einen Tag für die Hochzeit bestimmt haben.
»Noch nicht«, antwortet Gül und füllt den Wasserkocher auf. »Vielleicht besser çay«, sagt sie, »ich kriege einen Herzinfarkt, wenn ich jetzt noch einen Kaffee trinke.«

Während der Tee zieht, überlegen sie, was nun zu tun ist. Cemal möchte andere Eltern mobilisieren, Gül ist sich nicht sicher, ob das nicht etwas übertrieben sein könnte, sie kommen zu keinem Ergebnis.

»Hättest du gedacht, dass es so schwierig wird?«, fragt Gül. »Dass sich immer noch nichts verändert haben wird.«

Er weiß nichts dazu zu sagen.

Sie schaut aus dem Fenster. So sieht es aus, wenn sie sich ein bisschen Trauer erlaubt, als müsste sie erst in der Ferne nach ihr suchen.

»Und sonst?«, fragt sie schließlich. »Was macht dein Leben?«

Er friert kurz ein und rührt dann umso entschlossener Zucker in seinen çay. »Alles beim Alten«, sagt er. Es ist kaum gelogen.

Sie gießt sich auch ein Glas ein und blickt ihm offen und schön ins Gesicht. Immer noch eine Königin.

»Dieser Scheiß sollte nicht das ganze Leben ausmachen, oder«, sagt sie. »Deine Tochter hat das jetzt schon gelernt, glaubst du, sie ist noch traurig wegen der Musikstunde? Nein! Sie ist voll stolz auf sich, und sie hat recht damit! Nimm dir mal ein Beispiel an ihr. Gestern Abend habe ich sie ins Bett gebracht, weißt du, was sie mir gesagt hat? ›Mama, das ist nicht okay, was Frau Henkel gemacht hat.‹ Sie kapiert jetzt schon, dass sie sich den Schuh nicht anziehen muss.«

Gül lächelt stolz, und Cemal tut es ihr gleich, Ekins

Urteil ist aussichtsreicher als alle Termine an der Schule, die es zur Klärung geben könnte.

»Mach dir keine Sorgen. Kümmer dich mal um dich, darum, was du brauchst«, sagt sie, um das Thema endlich zu beenden. Er denkt: Was ich brauche, ist, dass mein Kind so was nicht erlebt, sich nicht selbst aus so was rausziehen muss.

Er sagt – denn er hat ja verstanden, dass sie das Thema wechseln will: »Was brauche ich denn?«

Sie verdreht die Augen, aber ihre Mundwinkel verraten sie. »Weißt du das immer noch nicht.«

»Du kennst mich doch.«

»Es ist nicht schwer zu wissen, was man braucht«, sagt sie. »Das, was dir guttut, so einfach ist das. Was dir guttut und was niemandem schadet.«

Ein weiterer Finger in der Wunde. Woher soll er wissen, ob das geht. Dass niemand Schaden nimmt durch die Dinge, die er will. Gesehen und erlebt und dadurch gelernt hat er immer nur das Gegenteil, und er ist kurz davor, den Termin als Beleg anzuführen, den sie vor gerade mal zwei Stunden hatten. Gül liest seine Gedanken mal nicht, sie sagt: »Weißt du, Cemal, deine Arbeit ist scheiße, das können wir nicht ändern. Dein anderes Leben ist das, worauf es ankommt. Da musst du schauen, dass du zufrieden bist. Und wir sind immer da, wir bleiben deine Familie.«

Er ist gerührt von diesem Pep Talk, auch wenn er seine Botschaft nicht unbedingt für vereinbar mit der Welt hält.

»Was denkt unser damat eigentlich darüber, dass wir dann alle zusammen eine Familie sind?«, fragt er Gül.

Wieder Augenrollen, aber jetzt ohne Lächeln.

»Er hat kein Problem damit. Ich wüsste auch nicht, warum er eins haben sollte, sind wir noch in der Steinzeit? Außerdem bin ich mir ziemlich sicher, dass ich dir das neulich auch schon gesagt habe. Er hat selber auch zwei Kinder, er weiß, wie das ist.«

Nach einer Pause ergänzt sie: »Und alles, was nichts mit unserer Familie zu tun hat, sondern nur mit dir, ist kein Thema für ihn. Du kannst also aufhören, dich ständig erklären zu wollen. Du musst gar nichts erklären. Das haben wir doch schon alles hinter uns.«

Gül, einfach nur Königin.

26/

Vor einiger Zeit, es könnte sein, dass es bereits ein oder sogar zwei Jahre her ist, sah Cemal Sinan wieder. Er war auf einen Besuch bei Büşra für ein Wochenende zurück ins verhasste Ländle gereist. Mit dem Mietwagen, ökologische Verantwortung das Erste, was du aufgibst, wenn du nicht das Gefühl haben willst, festzukleben, nicht entkommen zu können. Und wenn deine Schwester vermutlich die einzige volljährige Person im ganzen Ort ist, die kein Auto besitzt.

Cemal zog ein Ticket aus dem Parkscheinautomaten und sah ihn direkt hinter seinem Mietwagen in eine geparkte S-Klasse einsteigen. Beim Schließen der Tür sah Sinan ihn durch die Frontscheibe, runzelte die Stirn, spiegelte womöglich ihn selbst, was Cemal in jenem Moment bewusst wurde und weswegen er ein Nicken andeutete, doch Sinan starrte ihn nur weiter an, sodass Cemal sich wieder der Beifahrendentür des gemieteten Focus widmete, aufschloss und den Parkschein auf die Armatur legte. Er schloss zu, und die S-Klasse fuhr an ihm vorbei.

Genauso wie sie damals immer weniger und schließlich gar nichts mehr miteinander zu tun hatten, Cemal wegzog und alles sich verlor, wortlos, genauso unscheinbar kam und ging diese Begegnung nach zwei Dekaden. In all der Zeit hatte es nur einmal einen Störer gegeben. Jahre nachdem Cemal gegangen war, als er seine Tage gerade überwiegend zum Lernen für die Zwischenprüfung in der Bibliothek verbrachte, erzählte Nurcihan ihm während des samstäglichen Telefonats, ahnungslos oder auch nicht, dass Sinans Mutter gestorben war. »Krebs, nun haben die armen Kinder niemanden mehr.« Das weckte ein lautes Bedürfnis in Cemal, etwas zu tun, Sinan sein Beileid auszudrücken, er wollte diese kleine Geste unbedingt schaffen und rang mit ihrer Ausführung, erst über Tage, dann über Wochen hinweg, und schließlich war es zu spät. Zu viel Zeit war verstrichen, um sich noch zu melden. Was das in ihm bewirkte: Er hatte jetzt einen deutlichen Beleg, dass er es verkackt hatte. Und womöglich trug dieser Beleg dazu bei, darüber hinwegzukommen (gerade am Beginn einer neuen Beziehung mit einer Kommilitonin zu stehen, half aber wahrscheinlich auch, wenn man bei der vereinfachten Wahrheit bleiben möchte). Danach machte er es sich zur Routine: wortlos gehen und in der Wortlosigkeit bleiben. Das half zwar dem Schmerz nicht oder tat es doch, weil er sich dadurch verstärkte – in jedem Fall war es einfacher im Tun. Als Cemal sich in Gül verliebte, war er überzeugt davon, dass dieser Mechanismus nun ein

Ende gefunden hatte, ihr könnte man niemals so kommen. Sie wurde schwanger, und er empfand es als noch sicherer, dass wortlos gehen und in der Wortlosigkeit bleiben nun für immer vorbei waren. Aber stattdessen verschob sich sein Mechanismus einfach nur. Als er sich auf die Vaterschaft vorbereitete – und das wird ihm jetzt erst allmählich klar –, dachte er über Geld und Schulen und Herzschlag und Vitamine nach, aber nicht darüber, dass das aufrichtige Verlernen der Wortlosigkeit essenziell für die Beziehung zu seinem Kind und vor allem für dessen Zukunft sein könnte, woher auch, wie hätte er darauf kommen sollen, Sprechen scheint sich einfach aus seinem Epigenom herausgeschrieben zu haben, wo doch bereits seine Eltern, Großeltern, Urgroßeltern, deren Eltern nicht zum Sprechen erzogen worden waren. Die Stummheit scheint ansteckend zu sein. Auch Sinan konnte nicht sprechen, aber Cemal bildet sich nicht ein, dass das etwas mit ihm selbst zu tun hatte, der Grund ist ihm bekannt. Vor einem oder zwei Jahren, an den parkenden Autos, war Cemal hauptsächlich froh, Sinan überhaupt noch lebend zu sehen. Nachdem das mit der Autobahn damals passiert war, hatte Cemal eine Zeit lang ständig Angst, dass Sinan wirklich kurzen Prozess machen würde. Als sie Kinder waren und noch gar nicht am selben Ort lebten – Sinan am Bächleplatz und Cemal im Dorf –, ging einer der Unfälle im Aluminium tödlich aus. Der Mann, der von der Maschine zerquetscht wurde und nicht etwa einen Arm verlor, wie es schon verschiedenen

Arbeitern passiert war, war Sinans Vater. Cemal erfuhr Jahre später davon, durch Kadir. Sinans Vater war sein Schichtkollege gewesen. Es war eine dieser Geschichten, die zu Hause manchmal nebenbei erzählt wurden, in wenigen Sätzen. Dinge, die so schwer auf deiner Seele lasten, dass das Sprechen manchmal doch einen Weg findet, obwohl es das eigentlich gar nicht kann, über jede Wahrscheinlichkeit hinweg. Und als Cemal es erfuhr, er war ungefähr dreizehn Jahre alt, deutete er es Sinan gegenüber nicht an und blieb dabei, bis sie nichts mehr miteinander zu tun hatten. All die Jahre: Sinan wusste, dass Cemal wusste, und Cemal wusste, dass Sinan wusste, dass er wusste – und beide taten so, als reichte das aus. Doch manchmal gab es diese Situationen wie das Ausreißen auf der Autobahn, die unerträglich deutlich zeigten: Es reichte nicht, und das war egal, denn nichts würde reichen. Cemal hatte lange keine Begrifflichkeit dafür, bis er irgendwann, da lief schon was zwischen ihm und Georg, mit Ekin auf dem Tablet *Bugs Bunny* schaute, und, ja, es klingt bescheuert, aber so ist das Leben, auf dem Bildschirm in dieser gezeichneten Welt ein schwarzes Loch sah, und während sein Kind vergnügt über den erschütternd menschlichen Hasen kicherte, der aus diesem schwarzen Loch rauskam und mal wieder erfolgreich alle verarscht hatte, driftete Cemal gedanklich ab und dachte daran, dass diese portable kreisrunde Scheibe, die zum Abgrund werden konnte, ihn in seiner Kindheit an diesen Cartoons am meisten fasziniert hatte – aber nicht weil sie vom listigen Bugs als hilfreiches Werkzeug zum Abhauen aus brenzligen Situationen genutzt wurde, sondern weil sie eine Falle war: Ein falscher Schritt, und du fällst hinein, und dann bleibst du da drin, für immer. Ein falscher Schritt, und Sinans Vater fiel unumkehrbar tief in das, was noch nie für irgendjemanden etwas mit Gast, sondern nur mit Arbeiter zu tun hatte, mit Arbeit, die man weder damals noch heute guten Gewissens als Arbeit hätte bezeichnen dürfen, mit Arbeit, über die Kadir einmal zu Cemal sagte: »Wir haben unsere Tage im Feuer verbracht, auf sechshundert Grad wurden die Stoffe erhitzt, es hat uns zerstört«, und es stimmte und stimmt noch weiter, denn fast alle amcas vom Bächleplatz sind auch ohne tödliche Unfälle nicht wirklich alt geworden, haben einfach nur geschuftet, bis sie krank wurden, danach gingen der Hohn und die Geldnot weiter, und die meisten kamen zu früh unter die Erde, ihre Kinder und Kindeskinder mit einem sichtbar unsichtbaren Erbe zurückgelassen. Ein falscher Schritt, und Sinans Vater war tot und wurde zu einem schwarzen Loch im Inneren seines Sohns. Ein falscher Schritt, und Cemil, Habib, Cemal war einer von vielen in ein Geflecht Hineingeborenen, das dem Verstand keine Stabilität erlaubt, dem Körper kein Ungebrochensein und der Zukunft keine Sicherheit. Bugs Bunny, der als Mensch eindeutig keine BIPoC wäre, grinste frech und fröhlich aus seiner zweidimensionalen Welt in ihre Gesichter, und Cemal wurde endlich klar, was Sinan damals in sich hatte. Was er selbst in sich hat.

Was Süveyde in sich hatte und ihm über Generationen hinweg vererbte. Wovon Cemal große Angst hat, es an Ekin weiter zu vererben. Schwarze Löcher. Und lange schon war Sinan nicht mehr präsent und das Gefühl für ihn erneuert durch das Gefühl für Gül und schließlich: für Georg. Aber das schwarze Loch, das muss doch nun begreiflich geworden sein, Rahmetli, ist nichts, was verschwindet. Der Gedanke, dass Georg nicht verstehen könnte, wenn es ihm gezeigt würde, die Sorge davor, sich an diesem einen Ort, wo solche Erklärungen nichts zu suchen haben, weil romantische Beziehungen das zu oft nicht aushalten, sich also erklären zu müssen, womöglich immer weiter und stets fruchtlos, denn wenn du einmal gezwungen bist zu erklären, liegt die Vermutung nahe, dass du immer weiter erklären musst, weil dein Gegenüber nicht verstehen kann – diese Angst fühlte sich für Cemal unüberwindbar an und tut es noch.

27/

»Kennst du das«, fragte Georg ihn nach einer der ersten Nächte, »wenn du morgens direkt mit einem Ohrwurm aufwachst?«

»So was Nerviges, meinst du? Oder was Schönes?«

»Was Schönes. Auf so eine Art, dass du nicht genau weißt, was es ist. Du weißt, du kennst es, aber du kannst es nicht richtig einordnen. Es ist wie so eine ganz leise Melodie, und sie kommt dir bekannt vor, vielleicht hast du sie im Schlaf sogar selber komponiert.«

»Ich wusste nicht, dass andere das auch kennen.«

»Ich zumindest.«

»Also, es war ein guter Beat?«

»Ja und wie.« Er lächelte sein Halbkreislächeln. »Richtig schön. Sehr langsam, sehr traurig.«

»Traurig ist schön?«

»Ja«, sagte Georg wieder, »ja, Mann. Traurig ist superschön. Wenn du nur das Gefühl hast, weil dir eben irgendwas bekannt vorkommt, ohne dass du es so richtig wiedererkennst.«

Er schwieg kurz, und Cemal stellte sich vor, dass er in seinem Kopf die Musik aus seinem Schlaf weiter abspielte.

Sie sollten das morgendliche Gespräch über den ganzen Tag hinweg weiterführen. Es wurde vermeintlich philosophisch, es wurde küchenpsychologisch, es wurde deep, und es wurde banal. Gegen Mittag verließen sie das Haus, um in Georgs Stammcafé zu gehen, Georg trug einen grauen Hoodie, auf dessen Rücken zwei hellblaue Punkte und ein riesiges, im Halbkreis geformtes Lettering mit den Worten BE NICE ein Smiley formten. Das passt, dachte Cemal, und er musste so breit lächeln wie der von den Lettern geformte Smiley-Mund, das passt, und das Neue war endlich mal nicht auf diese furchtbare Art aufregend, dass er denken musste, seine Kehle zerspränge gleich. Sondern auf eine Art, von der Anne ihm immer wieder nach unterschiedlichsten Begegnungen und Episoden erzählt hatte, eine Art, die Cemal durch all diese Erzählungen weniger und weniger und weniger verstand und deren Unbekanntsein Teil seines schwarzen Lochs war.

»Das heißt also«, sagte Cemal Stunden später, als wären sie nicht in der Zwischenzeit im Café, auf dem Flohmarkt und dann wieder im Café gewesen, »du findest es gut, nicht alles zu wissen?«

»Weiß nicht, ob ich das auf alles-alles bezogen sagen kann«, erwiderte Georg. »Aber da wir nie alles wissen können, also so als Menschen, kommt es mir einfacher vor, das gut zu finden, statt mich davon quälen zu lassen.

Manchmal kommt es ja auch eher auf das an, was man auslässt, als auf das, was man füllt.«

Cemal nickte schweigend, schaute in eine weit entfernte Leere, es machte irgendwie Sinn, aber er wollte ganz genau verstehen, was Georg meinte.

»Nenn mal ein Beispiel.«

»Zum Beispiel ist negative space, die Lücke quasi, oft das, was ein Gemälde erst richtig interessant macht. Oder ein anderes Bild, ein mentales Bild.«

Schweigen, Nicken.

»Wusstest du, dass ich die erste Sprache verlernt habe, in der man mit mir gesprochen hat?«

»Du kannst kein Türkisch mehr?«

»Türkisch war nicht meine erste Sprache«, sagte Cemal. »Sondern Arabisch. Meine Großeltern, mit denen ich am meisten zu tun hatte, die sprachen teilweise fast nur arabisch. Tanten und Onkel sprachen arabisch und türkisch, und in der Generation meiner Schwestern war Arabisch schon fast ganz weg, wurde noch verstanden, aber nicht mehr gesprochen. Meine älteste Schwester Büşra hat vielleicht noch etwas weniger verstanden als Selkan, weil sie noch weniger Kontakt mit der Sprache hatte, sie hat nie im Dorf gelebt. Und bei mir war es so – du weißt schon, wir sind ja nicht dieselbe Generation, meine Schwestern und ich –, also als ich nach Deutschland kam, dauerte es nicht lange, bis ich Arabisch gar nicht mehr verstand. Meine Eltern haben nicht so viel miteinander geredet.«

»Und das ist jetzt deine Lücke«, sagte Georg.

»Ja, eine der Lücken.«

»Aber kein negative space.«

»Weiß nicht.«

»In der Kunst«, sagte Georg jetzt, »tut die Lücke auf eine andere Art weh, sie ist da, aber irgendwie ist sie einerseits eine Kopie vom Inneren unserer Köpfe, und andererseits kann das Innere unserer Köpfe die Lücke auch füllen. Der negative space kann dadurch die Einsamkeit zu was Schönem machen, verstehst du, die Sehnsucht symbolisieren, die man immer nach irgendwas hat.«

»Denkst du, dass Sehnsucht etwas Gutes ist?«

»Klar, wieso nicht.«

Georg lachte ein bisschen über seine eigene nachlässige Antwort.

Cemal dachte bei sich: Wie behütet kann man sein. Gerade noch hörbar sagte er: »Ich finde Sehnsucht anstrengend.«

»Gehört ein bisschen dazu, oder nicht?«

»Kann sein. Aber ich kann das nicht gut. Vielleicht ist es zu viel, wonach ich mich sehne.«

»Wonach sehnst du dich denn?«

Er sprach nicht über das schwarze Loch, das er kurz zuvor endlich zu benennen gelernt hatte, sprach nicht davon, dass er es sich wegwünschte, im vollen Bewusstsein, dass das Unsinn und auch nicht gesund wäre, denn das ist dieses Ausradieren nie.

»Egal«, sagte er deshalb.

»Ich glaube, du gehörst zu den Leuten, die das Gegenteil meinen, wenn sie egal sagen.«

Cemal schaute weiter in die Leere irgendwo weit weg, nickte weiter leicht vor sich hin. Vielleicht war das der Moment, als Georg zum ersten Mal bewusst mitbekam, wie viel Zeit Cemal zwischen seinen Sätzen verstreichen lässt.

»Okay. Zum Beispiel sehne ich mich immer nach meiner Tochter, selbst wenn sie direkt neben mir sitzt. Ich weiß nicht, ob das was Gutes ist. Es kommt mir wie zu viel vor«, wiederholte er.

»Aber zu viel was?«

»Zu viel Sorge vielleicht, ich weiß nicht. Zu viel alles.«

Georg tat das, was er bei Cemals Erwähnung von Süveyde damals im Park und noch einige Male darauf wiederholen sollte: Er legte ihm die Hand zwischen die Schulterblätter. Warm und schwer.

»So sehr geliebt zu sein von den Eltern, das ist voll schön.«

Cemal lächelte schwach. Ich bin mir nicht sicher, dachte er.

Georg ergänzte – womöglich weil Cemal immer noch schwieg und sein mattes Lächeln nicht wirklich als Zustimmung gedeutet werden konnte –: »Ich spreche aus Erfahrung. Und ich meine, schau mal, was für ein guter Typ aus mir geworden ist.« Er machte die Schultern breit, zeigte mit den Händen auf sich selbst und legte ein übertriebenes Disney-Lächeln auf. So süß und aufrichtig.

Cemal lehnte sich nach vorne und küsste ihn, es wurde zu der Art von Kuss, in den man sich reinsteigert und dann entweder auf Abstand oder ins Bett geht. Sie entschieden sich unausgesprochen für Abstand, der Montag war ihnen auf den Fersen, sie waren beide müde, er selbst hatte Ferien, aber Georg musste direkt um neun Uhr in irgendeinem Meeting irgendwas bei irgendjemandem pitchen. Cemal setzte sich zurück und fuhr sich mit der Hand über den Mund, übers Gesicht, die Lider, wie um zurückzusammeln, was er gerade angefangen hatte auseinanderzupflücken. Georg wirkte weniger aus der Ruhe gebracht als er, mal wieder. Fuhr ihm nur gelassen mit der Hand über den Hinterkopf, das kurz geschorene Haar, vom Nacken nach oben.

28/

In der Nacht fühlt sich Cemals Verstand benebelt an, das viele Erinnern ist ihm nicht bekommen. Taumelnd kommt er sich vor, obwohl er schon liegt, dreimal so schwer, wie er ist, hat er sich aufs Bett geworfen und könnte murmeln oder tut es womöglich, so sehr ist er neben sich, in seiner Müdigkeit weiß er nicht, ob er die Worte ausspricht oder nur denkt: Georg, mein Arabisch ist gar nicht weg gewesen, ich verstehe alles, was Süveyde sagt, ist das noch negative space, was sagst du dazu?

Der Schlaf kommt wie eine Ohnmacht, Cemal träumt tief und seltsam. Während er unbeweglich auf seinem Bett liegt, sieht und spürt er sich selbst in einem Nichts stehen, keine Farben, keine Töne um sich herum. Er hat das Gefühl, wegen des Nichts einen Ort in sich selbst suchen zu müssen, er hat das Gefühl, er müsste mit den Fingerspitzen seine Haut aufgraben, die Vorstellung ekelt ihn selbst im Schlaf an und wird es auch am nächsten Tag in vielen kleinen Situationen noch tun, ihn packen und schütteln, aber sein Traum-Ich versucht es, legt die rechte Hand aufs Sternum und krümmt die Finger und will in sich selbst einbrechen.

Georg berührt ihn an der Wange und sagt: »Lass das.«

Sein Daumen fährt über die dünne Haut unter Cemals Auge.

Gestik und Tonfall passen nicht zusammen, unerwartet bestimmt hört er sich an.

»Aber es tut mir weh.«

»Das hört auf«, sagt Georg, »bei mir hat es auch aufgehört. Du musst einfach zur Ruhe kommen.«

Cemal spürt Georgs Hand nicht mehr an seinem Gesicht, ist ratlos und sieht sich nach Süveyde um, aber sie ist nicht da. Er denkt sich zurück in das kleine Zimmer, doch es tröstet ihn nicht, er lässt den Orangenhain über sich wachsen, sucht die Baumkronen, und das beruhigt ihn ein wenig, aber nicht genug.

Er öffnet die Augen, und es ist nicht dunkel, der Mond ist hell und riesig und nah, fast kann Cemal die Scheune vor Süveydes Elternhaus sehen. Er steht auf und zieht die Vorhänge zu.

In der Dunkelheit beschäftigt ihn der Gedanke, ob Georg vielleicht jemand Neues hat, ob es endgültig zwischen ihnen vorbei ist, ohne Rückkehr. Er würde gerne Anne danach fragen, aber sie haben Funkstille, und er weiß nicht, wie er sie beenden soll, ob er sie überhaupt beenden will. Zudem fühlt er sich albern, ein Traum macht dich nicht zum Hellseher. Wenn es so wäre, versucht er sich deshalb einzureden, wenn es so wäre, was für einen Unterschied würde das schon machen, du trauerst einer Sache nach, die schon lange nicht mehr existiert oder in dieser Form, die du dir vorstellst, vielleicht nie existiert hat. Du musst einfach zur Ruhe kommen.

»KAYBOLDUM KANADINDA
BENİ ÇIKAR YA AŞK«

– Gaye Su Akyol

29/

Es gab in Cemals Kindheit genau eine Aufnahme von Yakup. Sein seliger Urgroßvater trägt auf dem Bild Anzugjacke und Hemd. Sein Bart verdeckt den Kragen und ist so üppig, dass man meinen könnte, der Mann im Bildausschnitt wolle damit etwas eitel seine Glatze ausgleichen. Er sieht ernst und vornehm und freundlich aus, seine Augen werden durch Schlupflider beschwert, was sogar noch auf der uralten Fotografie erkennbar ist. Yakups Augenbrauen sind auf dieselbe Art geschwungen wie Cemals und Kadirs Brauen. Als Habib das erkannte, es war während der Sommerferien, als er zehn Jahre alt war, machte es ihn unerklärbar glücklich. Er starrte auf das Foto, nahm es unter großen Mühen heimlich von der Wand (den Stuhl verrücken, draufsteigen, immer noch nicht groß genug sein, die Arme weit nach oben strecken und sich auf die Zehenspitzen stellen), um wirklich jedes Detail erfassen zu können. Er prägte sich alles ein, ging ins Bad und schaute in den fast vollständig blinden Spiegel, ging zu seinem Vater auf die Veranda und versuchte, dessen Gesicht unauffällig zu inspizieren, während Kadir in den Geschmack seiner Zigarette vertieft auf den Hof blickte. Tatsächlich: die gleiche Augenpartie, Zeiten überdauernd. Cemals zehnjähriges Ich dachte für einen Moment, wie gut es wäre, jetzt auch in dedes Gesicht blicken zu können. Dann fiel ihm aber erst wieder ein, dass dede gar nicht dieselben Augenbrauen haben konnte, weil er nicht dieses büyük dedes Sohn gewesen war, und zweitens, dass er ja gar nicht mehr lebte, kurz vor Beginn der Ferien in Deutschland, und somit vor ihrer Ankunft im Dorf gestorben war.

Als hätte Kadir seine Gedanken gehört, riss er seinen Blick vom Hof los und wandte sich Habib zu.

»Was heckst du aus«, fragte er und lächelte traurig.

Habib zuckte mit den Schultern. Aus Verlegenheit (und vielleicht auch ein bisschen, weil er seiner Recherche weiter nachgehen musste) fragte er: »Wo ist babaanne?«

Kadirs Lächeln wuchs zu einem kurzlebigen, aber erfreuten Auflachen.

»Immer auf der Suche nach babaanne. Schau in die Küche.«

Aber babaanne, auch das wusste Habib doch eigentlich, wo kam nur diese ganze Verwirrung her, trug diese Ähnlichkeit nicht, hatte andere Augen, die er sich doch bis zu seiner Abreise nach Deutschland eingeprägt hatte. Aber er wollte sie trotzdem sehen. Bis heute wünscht er sich in ihre Nähe zurück – sein Lebensproblem: immer alles wiederhaben wollen –, und noch heute erfreut er sich daran, dass er wenigstens eine unbestreitbar klare Sache aus seiner väterlichen Linie hat, die er nicht verlieren kann, die so lange Materie sein wird, wie er existiert. Yakup starb Jahrzehnte vor Süveyde, und obgleich es ein Geschenk sein könnte, dass sie ihn zumindest nicht ganz aus allem, was sie Cemal zeigt, ausschließt, scheint sie seinem Urgroßvater einfach nicht mehr Raum geben zu wollen. Als wollte sie Cemal sagen: Du hast doch schon seine Augen, das muss dir genug sein. Was macht es für einen Sinn, nur in dem dir Bekannten zu verweilen? Selbst wenn er es noch so gerne möchte, um ein Vorbild zu haben, um zu erahnen, was er zu tun hat in diesem Hier.

Und sie sitzt auf der Veranda, weder alt noch jung, vielleicht irgendwo in der Mitte, jedenfalls älter als in seinem letzten Traum, vielleicht sogar ungefähr so alt wie er in diesem Moment, auf dem Stuhl mit dem abgewetzten Rückenpolster, der in Cemals Kindheit dedes Stammplatz war. Das stimmt aber nicht, fällt ihm auf. Vielleicht erfindet er das alles hier, es ist unmöglich, dass Süveyde zu jener Zeit in diesem Haus lebte, sie bauten es doch an anderer Stelle, nach dem sel, der Überschwemmung, dem Erdrutsch, und das war später, immer ist alles später, bis es nie ist, warum bringst du mich durcheinander, Rahmetli, bis es nie ist – Süveyde unterbricht ihn.

»Halte dich nicht an Äußerlichkeiten fest. Am zahir.

Ich spreche mit dir. Ich sehe deine Tage und deine Nächte. Habib, du kannst dich noch nicht im Spiegel betrachten, ohne Angst zu bekommen, ich weiß, denn mir ging es lange genauso. Ich sage dir: Ein Wasser ist auch ein Spiegel. Der Bach hat mich ertränkt, dennoch wollte ich lange zu ihm zurück. Vielleicht wollte ich ein Mensch sein, der sich nicht an ein früheres Leben erinnert. Ich denke, an das Leben vor dem Bach, an mein noch älteres Sein, konnte ich mich nicht erinnern. Jedoch weiß ich auch vom letzten nicht viel, obgleich es mein Spiegel hinter dem Bach war. Verstehst du, jeden einzelnen Tropfen darin kannte ich doch. Ich erinnere mich an meine letzte Mutter, an das Kind, das ich rettete. Ich erinnere mich an die Schönheit des Bachs, noch wenige Momente zuvor. Vom Ufer aus konnte ich sehen, wie die Sonne das Wasser traf und auf seiner Oberfläche kleine Juwelen schuf. Daher hat Cevhere ihren Namen, du bist der Erste, dem ich das verrate. Als sie endlich zu mir kam, ich hatte es ja geträumt, aber es dauerte so lange, dass ich manchmal nicht mehr daran glaubte, als sie endlich zu mir kam, wurde sie mein letzter Spiegel, mein einziger Spiegel neben dem Wissen.«

Sie blickt Cemal in die Augen und lacht sanft, das Grün unter ihren kurzen geraden Wimpern ist kräftig, in diesem Moment erinnert sie ihn an babaanne, die Person, deren Gesicht er in seinen ersten acht Jahren am besten kannte, das er täglich viele Stunden sah, das sein Zuhause war.

Das Grün, es doppelt sich, spiegelt sich unter der Stirn einer jugendlichen Cevhere. Süveyde und ihre Tochter sitzen einander gegenüber, auf dem Boden eines kleinen Zimmers, das Cemal nicht kennt. In der Luft liegt der Geruch von Lavendel und Olivenseife, um zu beschützen, was Cevhere über den Tag hin erschafft: bestickte Kissenhüllen und Tücher, gehäkelte Zierdeckchen. Seit einer Weile arbeitet sie ehrgeizig an einem großen Stoff, einem Bettüberwurf. Sollen die Motten doch zu den Nachbarhäusern fliegen, an die harte Arbeit ihrer Tochter wird Süveyde sie nicht lassen, die gesamte Familie achtet auf den Seifenvorrat wie auf einen Schatz. Die hellgrünen Stücke werden zwischen die sorgsam gefalteten Lagen der Textilien gelegt. Auf jeden einzelnen Stapel hat Cevhere einen getrockneten Strauß Flieder platziert. Flieder hält die Motten nicht wirklich ab, aber er riecht gut, und Süveyde weiß, dass Cevhere den Anblick schön findet. Mein Lämmchen, du verschönerst, was gar nicht mehr zu verschönern ist, würde sie ihr am liebsten sagen. Es kann nicht mehr verschönert werden, weil du es mit deinen Händen gemacht hast, in wochenlanger harter Arbeit den Saum einer einzigen Decke unendlich schöner gemacht hast, nur mit Nadel und Faden und Geduld etwas erschaffen hast, das vorher nicht da war und das nur du auf diese Art erschaffen konntest. Sie würde ihr das so gerne sagen, dass es schon fast ihre Lippen verlässt, aber es wäre nicht recht, denn sie weiß, dass es eine Wahrheit ist, die sich für sie nur so anfühlt, weil sie Cevhere sehr liebt. Denn Flieder ist ja aus der Natur, er kommt unmittelbar von Gott, also wird er immer schöner sein als das, was ein Mensch aus Dingen formt. Süveyde ist sich darüber im Klaren, auch wenn es sich durch ihre Liebe anders anfühlt, und so spricht sie den Gedanken nicht aus. Es ist ohnehin nicht die Zeit dafür. Cevhere hat angefangen zu bluten und sich erschrocken. Womöglich hätte Süveyde sie vorwarnen müssen, ja, sicher wäre es das Richtige gewesen, denkt sie jetzt, aber sie brachte es nicht zustande, darüber wird nicht gesprochen, und nun ist es zu spät, das Blut ist gekommen und das Kind, das eben noch ahnungslos war, ist kein Kind mehr. Süveyde weiß, dass sie jetzt sehr klug sein muss. Wenn sie nicht aufpasst, wird ihre Tochter sich beständig von ihrem eigenen Körper verfolgt fühlen, ein einziger falscher Schritt reicht dafür. Ohnehin wird sich in der nächsten Zeit alles um das Blut drehen: wann es kommen wird, wie stark es sein wird, wann es wieder verschwindet. Gestern konnte sich die Kleine kaum rühren, sie klagte darüber, wie ihr Bauch sich von den Beinen trennen zu wollen schien, es war ihr unbegreiflich, weil ihr noch nie etwas auf diese Art wehgetan hatte, sie verstand nicht, warum ihr das passierte. Es war wie in ihren ersten Tagen auf der Welt, diese Verzweiflung, die Neugeborene plötzlich überkommt und die sie so furchtbar zum Weinen bringt. Süveyde erschrak: Sie ist mit derselben Art des Schmerzes geplagt wie ich, es wird schwer werden für sie. Das Blut war noch nicht da, aber Süveyde schaffte es dennoch nicht, Cevhere in das Geheimnis einzuweihen, das ihr Körper und ihre Mutter schon längst kannten.

Das Kind, das nun kein Kind mehr ist, dank eines bislang ruhenden Verständnisses von Endlichkeit, welches der Schmerz geweckt hat, sieht erschöpft und besorgt aus. Um ihre Tochter zu trösten, sagt Süveyde: »Du gehst mit dem, was die Natur ist, meine Hübsche, das ist gut. Die Sonne ist über dir, und der Mond ist über dir, siehst du, und sie zeigen dir etwas: Wie der Mond und die Sonne sich zueinander verhalten, ist durch nichts erschütterbar. Es ist so, als seist du die Sonne und das Blut der Mond, du bist größer, und dein Blut verhält sich zu dir, es macht dich nicht aus. Verstehst du?«

Natürlich versteht ihr Kleines nicht, zu viel Angst und zu viel Schmerz, zu viel Neues. Süveyde sieht es in ihrem Gesicht: Cevhere will einfach nur, dass alles so ist, wie es noch vor zwei Tagen war, will, dass ihre Finger die Nadel aufnehmen und das feine Garn einfädeln können, ohne taub zu werden, obwohl es doch gar nicht die Hand ist, die wehtut, sondern die Körpermitte, sie will wieder das Mädchen sein, das sie so wenig vorher noch war. Süveyde weiß nicht weiter, es ist doch eben auch der Lauf der Dinge. Sie steht auf und sagt: »Meine Hübsche, leg dich hin. Ich mache dir einen Lindenblütentee, das wird helfen.« Dann geht sie aus dem Zimmer.

30/

Es gab einen verwirrenden Moment, als Cemal und Gül bei einer ihrer ersten Verabredungen im Außenbereich eines auf den zweiten Blick viel zu rustikalen Cafés saßen und Gül ihren Kosmetikbeutel aus der Handtasche holte. Eigentlich war es eher ein größeres Federmäppchen als ein Beutel, aus lila gefärbtem Wildleder. Cemal dachte, sie würde einen schnellen Blick in ihren Handspiegel werfen, Lippenstift auftragen oder Ähnliches, aber stattdessen entnahm sie dem Mäppchen eine Blisterpackung Schmerzmittel. Es hätte unauffällig sein können, aber man war beim zweiten Date, und natürlich beobachtete Cemal höchst neugierig alles, was sein Gegenüber tat. Medikamente fand er beunruhigend. Ob alles in Ordnung sei, fragte er. Sie winkte ab, ja, ja, sie habe nur Rückenschmerzen. Direkt nachdem sie die Ibu genommen hatte, legte sie sich aber eine weitere, aus einer anderen Blisterpackung stammende Kapsel in den Mund. Er war alarmiert.

»Nimmst du immer so viele Tabletten«, fragte er sie

deshalb, führte zum Vergleich an, selbst vor vielleicht drei Jahren das letzte Mal was gegen Kopfschmerzen gebraucht zu haben.

»Du bist ja auch ein Mann«, sagte Gül und bedankte sich im selben Atemzug bei der Kellnerin, die gerade mit der Entschlossenheit der Eingeschnappten zwei Weinschorlen auf dem Tisch abstellte. Cemal ließ sich ablenken, bereitwillig wie immer: von unplausiblen Beweggründen für die Pissigkeit der Kellnerin, und mehr noch von Güls Eleganz und ihrer perfekten Haut. Die Verwirrung verschwand in der hintersten Ecke seines Bewusstseins. Jetzt ist sie wieder da, nach dem letzten Traum: Endlich zeigte Süveyde ihm wieder etwas, aber er kann noch immer nichts damit anfangen, und er kann sich immer noch nicht hineindenken in diese Art von Körperlichkeit. In seiner Kindheit war er fast nie krank, er kannte Übelkeit provozierenden Hunger oder tiefe Müdigkeit, natürlich auch Schmerz, aber jenen, der sich aus sich selbst heraus zeugt und dich ratlos und geradezu beschämt zurücklässt, weil er dir das Gefühl gibt, dein Körper würde dich verraten – den hat er bis heute nicht wirklich kennengelernt. Als er dieses eine Mal starkes Fieber hatte, damals, als Kadir ihm zum Trost sogar Musik aus dem bakkal mitbrachte, war er kurz davor. Nichtverständnis gegenüber dem eigenen Körper machte sich bemerkbar, wechselte sich mit Erschöpfung ab. Aber Fieber war etwas Normales, man kannte es: Man fühlte mit. Mutter machte ihm am ersten Tag kalte Essigumschläge für die Stirn, bis sie nachmittags zur Arbeit musste. Man sprach darüber: Es geht vorbei und kommt nur selten wieder. Vater hielt ihm die Kassette von Orhan Gencebay hin, *Hatasız Kul Olmaz*, und weil sein Sohn zu schwach war, machte er selbst die Folie ab und steckte das Tape für ihn in den Kassettenplayer. Tatsächlich ist Cemal auch nie mehr so krank gewesen wie damals. Er geht in die Raummitte, streckt sich, wie um sich selbst zu beweisen, wie stark sein Körper ist, lässt den Rumpf nach vorne fallen und legt die Handflächen auf die Knöchel über den Seiten seiner fest stehenden Füße, fühlt die Dehnung in Beinen und Rücken. Es kann sein, dass er nicht so gut in Körpersprache ist, eine Unsicherheit, die er mit sich herumträgt, weil er sich in dieser Sache nicht gut selbst beobachten kann. Dass er Gesten und Mimik anderer nicht immer so gut lesen kann, wie er gerne würde. Dass man ihn auch nicht gut lesen kann. Oft hat er gehört, dass es bewundernswert sei, wie ruhig er in unangenehmen Situationen bleibt. Seine versteinerte Miene. Früher hat er sich darüber gefreut, wenn ihm das gesagt wurde, als wäre es ein angebrachtes Kompliment. Dabei hat sich doch nichts geändert: Sich aufregen dürfen ist ein Luxus, und sich abregen erst recht. Dass seine Ohren manchmal knallrot werden, ist schon Entlarvung und Risiko genug. Sie denken dann: »Gleich explodiert er, der aggressive Orientale. Den kann man doch nicht auf Kinder loslassen, den kann man nicht daten, bei dem muss man aufpassen, wenn er den Laden betritt, der darf hier nicht feiern, der hat hier nichts zu suchen.« Cemal kehrt in eine aufrechte Haltung zurück, um sich sofort darauf wieder zu bücken und mit einem Sprung dem Boden zentimeternah zu kommen.

31/

»Du bist ein Feigling«, sagt eine vormals vertraute Person, vielleicht Gül, vielleicht Georg, vielleicht Sinan oder ein Konglomerat von ihnen und anderen. »Weil du nie richtig hinsiehst.«

Als Antwort versucht er wieder, die Haut vor seinem Brustbein aufzubrechen, und das ist immer noch so ekelhaft, und Georg in seiner gesamten Georgheit ist nicht da, um ihn zu beruhigen, sodass er von seinem eigenen Ekel provoziert aufwacht. Er mag nicht, dass sein Unterbewusstsein auf diesem Szenario beharrt, ihm seine Schwächen vorführt, wenn er sich nicht wehren kann. Er macht das Licht an, drei Uhr nachts, Donnerstag auf Freitag. Er öffnet das Fenster, die frostige Luft hat nur darauf gewartet, reinzukommen und sich breitzumachen. Er setzt sich zurück, Rücken gegen kalte Wand, und dreht sich eine Zigarette, zögert nicht mehr, sie anzuzünden.

Freitags fängt Georg manchmal später mit der Arbeit an, außerdem hat er sein Handy eigentlich immer im

Flugmodus, wenn er ins Bett geht. Cemal greift nach seinem Telefon.

»Ich«

Er löscht die Buchstaben wieder und legt das Handy weg. Asche fällt von der Zigarette auf seinen Oberschenkel, weil er nicht aufgepasst hat. Nur ein kurzer Schmerz.

Wahrscheinlich war es nicht Georg oder Sinan oder ein Konglomerat aus ihnen und anderen früheren Geliebten. Wahrscheinlich war es Gül. Sie hätte unzählige Gründe dazu. Er war feige mit ihr. Sie hat so viel Wissen vor ihm ausgebreitet, das er ignoriert und nicht weiterverarbeitet hat. Auf das mit den Tabletten antwortete sie nicht. Es war ihr nicht wichtig, weil sie versehentlich in einem Laden eingekehrt waren, wo BIPoCs nicht einkehren, und sie sich deswegen auf anderes konzentrieren musste. Wahrscheinlich hatte sie es vor ihm geschnallt, wahrscheinlich bereits, als sie sich setzten. Wahrscheinlich schenkte sie der pissigen Kellnerin deswegen ein angedeutetes Lächeln und bedankte sich extra freundlich. Mit der fast zehn Jahre zu spät eintreffenden Erkenntnis, in welche Situation er sie damals brachte, kommt er sich rückwirkend beschämend unzulänglich vor. Sie verstand sofort, durch ihn in einen ungeschützten Raum geraten zu sein. Und hatte auch noch den Nerv, grazil damit umzugehen. Sie ließ sich nicht von seiner Neugier über ihre Gesundheit ablenken und hatte nach diesem Fauxpas sogar noch Lust, ihn weiter zu treffen. Er kapierte wie üblich trotz allen Grübelns nichts, und so konnte es ja gar nicht bei nur diesem einen Missgeschick bleiben. Situationen aus Güls Alltag, die sie ihm abends zu Hause erzählte, fallen ihm ein. Catcalling auf der Straße, beiläufig an der Kaffeebar im Büro geäußerte Kommentare und die Körpersprache von Vorgesetzten, Gül wie zufällig immer kurz vor der Grenze zur Berührung umkreisend, Gaslighting in Behörden und medizinischen Praxen. Ihm wird erst jetzt klar, wie viel sie tatsächlich über die Jahre erzählt hat und dass das längst nicht alles gewesen sein kann. Sie hat erzählt, natürlich hat er zugehört, natürlich fühlte er eine Betroffenheit, aber er konnte nichts ausrichten, und er konnte nichts sagen. Er fragt sich, wie oft er selbst Situationen womöglich falsch wahrgenommen hat, wie oft er falsch gehandelt hat, im öffentlichen Raum nicht eingegriffen und im Privaten in seiner Passivität die falsche Seite ergriffen hat, und diese Vorstellung wächst überwältigend schnell von unangenehm zu unaushaltbar. Er zündet sich noch eine Zigarette an und spürt, wie tief die Scham sitzt. Eine Übelkeit in seinem Magen wie damals, als Nurcihan dem Kippenbaum auf die Schliche kam. Wie damals, als er mit einem halb fertig gestochenen Tattoo nach Hause kam, Gül es mit einem neutralen »Sieht schön aus« zur Kenntnis nahm, ihm einen maximal flüchtigen Kuss auf die Wange gab und zum Schlafengehen in Ekins Zimmer verschwand, ihn im Flur zurückließ. Wie damals, als im Dorf Selkans Hochzeit gefeiert wurde und er sich für seine abla hätte freuen sollen, es aber nicht tat, weil sie weggehen würde. Wie damals, als der Spittel sich nicht zu schade war, in die billigste aller Rassismuskisten zu greifen und ihn eines aggressiven Gemüts zu bezichtigen, obwohl die Wahrheit groß wie ein Berg mit ihnen im Raum saß. Groß wie ein Berg, aber eben auch genauso stumm. Er konnte sich nicht wehren. Sprachlos, wortlos fütterte die Scham sich selbst.

Und wohin jetzt damit, Rahmetli? Sag doch was. Cemal fährt sein Tablet hoch, Blaulicht beste wenn du eh nicht schlafen kannst, noch mit der Kippe im Mundwinkel, inzwischen Asche in mehreren kleinen Inseln auf der Bettdecke, und nimmt sich vor, Unsinn zu streamen, bis entweder der Tabak leer ist oder der Schlaf ihn doch noch holen kommt oder beides. Aber selbst für diese mechanischen Ausführungen ist er zu unkonzentriert, fühlt sich allmählich dumm, allmählich schuldig, beständig erbärmlich, will die Ascheinseln von der Bettdecke wischen und verursacht dabei nur noch größere Zeugnisse seiner Unachtsamkeit auf der hellgrauen Baumwolle. Gut, dass Georg jetzt nicht neben ihm liegt, ihn so nicht sieht.

32/

Erbärmlich, ein Feigling. So möchte er nicht sein. Für seine Tochter und um sein Bild von sich selbst zu korrigieren, müht er sich in der folgenden Zeit damit ab, Beweise dafür zusammenzutragen, dass Ekins Musiklehrerin den Unterricht dafür nutzt, Hass auf Kinder loszulassen, die nicht in ihr Weltbild passen. Andere Eltern zu kontaktieren, ist einfach, viele sind sowieso in einer gemeinsamen Chatgruppe. Mobilisierung zu erreichen, ist hingegen schwer. Cemal kommt sich vor, als würde er ins Leere reden. Er hatte mehr gehofft als erwartet, dass alle direkt verstünden, worum es geht, dass keine großen Erklärungen nötig wären, dass auch andere Elterngespräche wegen einschlägiger Erlebnisse an der Schule stattgefunden hätten. Dem scheint aber nicht so zu sein. Deutlich ist nur, dass niemand der Eltern Frau Berufverfehlt ausstehen kann – als direkte Konsequenz davon, dass sie auch bei den Kindern entsetzlich unbeliebt ist, aber ohne den Grund für diese Unbeliebtheit zu hinterfragen, sondern lediglich darauf festzuschreiben, dass man sie wortwörtlich einfach nicht riechen kann. Tatsächlich ist Frau Berufverfehlt stets von einer chemisch-säuerlichen Wolke umgeben, auch noch so kleine Kinder ducken sich unwillkürlich, wenn sie bei ihren Gängen durch den Klassenraum hinter ihnen stehen bleibt, um auf ihre Hefte zu schauen. Dabei wechselt sie ihre Handlungen ab zwischen Naserümpfen, Verspotten von Namen und körperlichen Attributen, dem wiederkehrenden Einsatz von »Bei euch«- und »Bei uns«-Sätzen. Cemal weiß das, weil er seit Wochen die Mitglieder der Chatgruppe damit nervt, mal bei den Kindern zu erfragen, wie sie den Unterricht bei Frau Henkel eigentlich so finden. Er weiß das, weil die ein oder andere Person aus der Gruppe in ihren Reaktionen ein Wiedererkennen oder zumindest ein Hinterfragen aufblitzen ließ. Er weiß das, weil ein Elternpaar das Pech hatte, ihn letzte Woche zufällig im Supermarkt anzutreffen und seine Fragen nicht mehr ignorieren zu können, sich schließlich auf ein Gespräch mit ihm einlassen zu müssen.

Ja, es sind Sachen herausgekommen. Frau Berufverfehlt sagt und tut Dinge, die für die Kinder keinen Sinn machen, sich aber wie Haareziehen und Armkneifen anfühlen. Die sie zu Hause erzählen, während die Eltern eigentlich gerade mit Arbeiten oder Ausruhen beschäftigt sind, und die Eltern finden die Nacherzählungen manchmal durchaus unbehaglich, denken aber nicht weiter darüber nach, während die Sätze schon längst für immer in ihre Wohnungen eingezogen sind. Vom Klassenraum in die Hausflure, über die Schulwege der Kinder, mit ihnen durch die Haustür hineingehuscht, zwischen sie und ihre Geschwister auf die Couch gesetzt, sich morgens in ihre Cornflakes gemischt, an ihre Magenwände geklebt und für immer dableibend. Und es fühlt sich falsch an für die Kinder, aber weil sich so viele Dinge in der Welt falsch anfühlen und es für einen derart jungen Verstand gar nicht sein kann, dass in der Erwachsenenwelt etwas nicht richtig ist, von dem gemeinhin so getan wird, als wäre es richtig – weil das also zu ihrem Aufwachsen dazugehört, lernen sie, es für nicht weiter der Rede wert zu halten. So können die meisten Eltern, die Cemal über die Chatgruppe angesprochen hat, nichts mit Sicherheit sagen, ohne vorher bei ihren Kindern nachzuforschen. Und das ist schwer, man kann viel falsch machen beim Nachfragen, dem Irrglauben verfallen, dass man dadurch Schmerzen wecke, die sonst unentdeckt blieben, auch in sich selbst. Deswegen kommt seit Wochen von kaum jemandem etwas zurück, der Konsens scheint zu lauten: Es ist, wie es ist – besser, die Kinder lernen das jetzt schon.

33 /

Eine kurze Weile vor Ekins Geburt bekam ein Paar aus dem Bekanntenkreis sein erstes Kind. Die Mutter, eine enge Freundin von Gül, berichtete ihr von Koliken, dem herzzerreißenden Weinen, dem Wissen, dass ihr kleiner Junge offenbar furchtbare Schmerzen durchlitt, die sie nicht verstand und gegen die sie machtlos war. Bei Besuchen im Haus der jungen Familie konnten Gül und Cemal sich selbst vom verzweifelten Gesichtsausdruck und dem erschöpften wie pausenlosen Klagen des Babys überzeugen. Cemal lag nachts wach, der erlebte Anblick und sein akustisches Gedächtnis ließen ihn nicht los. Ihn packte die Sorge, dass es seinem Kind, das in wenigen Wochen zur Welt kommen sollte, auch so gehen könnte.

»Oh Gott, hoffentlich nicht«, sagte Gül, »aber bei Jungs sind Koliken häufiger als bei Mädchen, vielleicht haben wir Glück.« Damit ließ sie es auf sich zukommen, weil sie ohnehin nichts anderes tun konnte. Cemal war aber, wieder einmal, nicht dazu in der Lage. Er fühlte sich dem kleinen Pino gegenüber fast schon verpflichtet, herauszufinden, ob es nicht doch eine Lösung für dieses Problem – vor dem weltweit schon immer und für immer Eltern und Institutionen der Gesundheit standen und stehen, ohne es ein für alle Mal zu lösen – geben könnte. Und seiner bald geborenen Prinzessin gegenüber fühlte er sich erst recht in der Bringschuld. Recherchen im Internet ergaben keine Klärung, zogen ihn aber umso tiefer in ihren Schlund. Plötzlich war er beim Phänomen Schmerz an sich, stellte fest, wie viele Fragen man dazu haben kann, las – natürlich –, dass die Forschung all diese und noch mehr Fragen doch schon lange verfolgt, allerdings ziemlich ergebnislos.

»Du musst dir das mal vorstellen«, sagte er zu Gül, »die wissen über jeden Sinn, wo er im Gehirn zu lokalisieren ist – Sehen, Hören, Tasten, alles! Aber über Schmerz wissen sie es nicht. Was ihn ausmacht, was ihn schlimmer macht oder wieder aufhören lässt. Sie können nicht sagen, ob es auf die Intensität oder die Stelle im Körper ankommt, die wehtut. Das ist wie ein Geist!«

»Guter Vergleich«, meinte sie dazu, ironisch oder auch nicht, und strich sich über den Bauch, in dem Ekin sich schon gedreht hatte, fast bereit für das Kennenlernen ihrer Eltern war. »Aber jetzt hör auf damit, du machst mich ganz nervös.«

Ekin kam auf die Welt und blieb von den Koliken verschont, wenngleich sie natürlich trotzdem viel weinte, nicht schlafen konnte, schnell unzufrieden, aber nicht so schnell zufrieden wurde. Cemal war der Meinung, dass sie schlicht Angst vor dem Alleinsein hatte, und nahm sie in diesen Momenten wieder aus ihrem Bettchen. Gül sah das nicht so gerne, sie hatte Angst, dass Ekin sich an das Getragenwerden gewöhnen würde.

»Wohin«, fragte sie oft einfach nur, ein bisschen k.o., ein bisschen gereizt.

»Gezmeye«, antwortete er in der Regel und legte sich das kleine Rosavibebündel an die Brust, um mit ihm durch die Wohnung zu flanieren. Gül ließ sich zurück auf das Sofa fallen, und Ekin verstummte für Sekunden, bis sie wie ein niedlicher und schrecklicher Autoalarm wieder anfing, dabei allmählich lauter und lauter zu werden drohte. Manchmal konnte Cemal den Autoalarm rechtzeitig stoppen, wenn er ihr unbeholfen etwas vorsang. Die Melodien, die er zu erzeugen versuchte, hatten weder Sinn noch Ordnung, aber Ekin empfand sie anscheinend als gut genug und wurde nach und nach wieder friedlicher. Monatelang ging das so, verschiedene Familienmitglieder können es bezeugen. Bis heute behauptet Selkan, dass Cemals Art in diesen Momenten des unfreiwilligen Musikertums sie an anne erinnere. »So ähnlich hat sie dir auch immer etwas vorgesummt«, behauptet sie seit Ekins erster Zeit auf der Welt. Cemal fand es lange albern und irgendwann nur noch nervig, dass seine Schwester das sagt, denn sie selbst ist es ja gewesen, die ihm in seiner Kindheit Lieder gesungen hat. Genauso wie sie diejenige war, die auf regelmäßigen Videoaufnahmen, per Dropbox transkontinental verfügbar gemacht, von der neugeborenen Ekin bestand, nicht Nurcihan. Wenngleich: In dem Abschnitt seiner Kindheit, den Selkan als Vergleich anführt, war seine Mutter ja noch da, erst als er gerade seine ersten Schritte begonnen hatte, ließ sie ihn zurück. Ihn und alles, was an Erziehung zu leisten war. Sie übergab die Aufgabe an Selkan und babaanne, noch nie ist dieses Wort wahrer gewesen, seine Großmutter war doch wirklich Vater und Mutter für ihn, schien nichts mehr von der Angst ihrer frühen Jugend in sich zu tragen, die Süveyde ihm gezeigt hatte, war eine Präsenz, groß, Raum einnehmend, babayiğit.

Während Cevhere stark schien, war Süleyman sanftmütig. Der Sanftmütige ging mit Habib eine Uniform für die Dorfgrundschule kaufen, die faltige Hand des Großvaters zog die Zigarettenschachtel aus der Hemdtasche, sobald sie den Verkaufsstand verließen, auf dem Markt in der hektischen, stickigen Stadt. Als dede nach erledigtem Einkauf also die vielleicht zehnte Zigarette des noch jungen Tages aus der folierten Softpackung rausklopfen wollte, kreuzte sein Blick den des Enkels. Für eine Sekunde bewegte er sich nicht mehr, eingefroren trotz des alterstypischen Tremors, und sagte schließlich: »Löwenkind, wollen wir dir eine Pepsi holen.« Es ist sehr lange her, aber Cemal findet es noch immer zum Aufheulen, wie dieser alte zerbrechliche Mann ein unmögliches Unterfangen versuchte, Trost spenden wollte, wo es keinen Trost gab, und sie beide wussten es. In vielen

Momenten, über den Markt und den Orangenhain hinaus, wiederholte sich dieses Spiel. Als es Zeit war, sich zu verabschieden, Kadirs Ford Taunus schon vollgepackt im Hof des Hauses stand und der Staub sich nach dem Einfahren und Beladen noch nicht ganz wieder auf den Boden gelegt hatte, saß dede auf seinem Stuhl auf der Veranda und ruhte sich aus. Seine Augen sahen aus wie Erde, unmittelbar nachdem es geregnet hat. Er drückte seine Zigarette im kristallenen Aschenbecher auf der Fensterbank neben sich aus, winkte Cemals achtjähriges Ich näher zu sich heran.

»Bereite deinen Eltern keinen Kummer, in Ordnung?«

Habib versprach es, küsste Süleymans Handrücken und weinte direkt danach los, ließ sich von dede in die Arme schließen, der im Sitzen kaum noch größer war als sein Enkel, geschrumpft von Jahren der Arbeit und der Armut, vielleicht auch von Jahren der Sehnsucht nach seinem ins gurbet geschickten Kind.

Cemal wusste es damals nicht, so wie eben niemand Endlichkeit begreifen kann, bevor sie eintrifft, aber es war das letzte Mal, dass er seinen Großvater sah. Er möchte die Erinnerung zu etwas anderem machen und stellt sich vor, seine Großeltern seien noch am Leben, zeitlos, wie er sie aus Kindheitstagen kennt, nebeneinander auf dem kanepe mit dem abgewetzten tiefdunkelblauen Samt sitzend, die Köpfe zusammengesteckt über einer kleinkindlichen Ekin, die ihr Babylachen von sich gibt und fröhlich und sicher ist, mitten im Rosavibe.

Es gibt ein Bild dieser Art mit Kadir und Nurcihan, aber es ist für Cemal nicht das Gleiche. Sie haben es nicht verdient, haben diese Glückseligkeit, die Ekin bewirken kann, nicht verdient. Sie haben ihren Sohn um jene Art von Sicherheit gebracht, die er als Kind gebraucht hätte, und nachdem er sich in einer anderen Sicherheit zurechtgefunden hatte, brachten sie ihn auch um diese. Ob sie wohl wirklich dachten, sie könnten nahtlos die Wunden schließen, die sie selbst verursacht hatten, und ihre Rollen als Eltern ausfüllen? Dede wurde ihm genommen, und er wird ihn nicht mehr sehen, wenngleich er dedes Sanftmut und Schläue noch länger gebraucht hätte, ja, sie selbst jetzt noch gebrauchen könnte, nicht für Rat, nur gegen die Dunkelheit, gegen die zur Gewohnheit gewordene Furcht.

34/

Yakup tut etwas Ungewöhnliches, er legt sich nach dem Gebet wieder hin. Zu ihr. Sie dreht sich auf die Seite, zu ihm. Er macht eine beschwichtigende Geste, drückt mit der Hand die Luft im Raum nach unten. Schlaf weiter, bleib liegen, soll das bedeuten. Süveyde will liegen bleiben, aber nicht mehr schlafen.

»Einen seltsamen Traum hatte ich«, sagt sie.

»Möge es Gutes bedeuten.«

»Ich habe von der Angst geträumt.«

Yakup liegt auf dem Rücken, sein Blick nach oben gerichtet. Er hört zu.

»Sie selbst war eine Wespe und saß auf meinem Auge. Ich wollte, dass du kommst und sie wegnimmst.

Komm, habe ich gesagt. Komm und pflück die Angst von meinem Auge. Yakup mein Mann, sie bedeckt fast meine gesamte Gesichtshälfte, bitte greif nach ihr.«

Sie fährt sich mit der Hand über die schlaftrockenen Lippen.

»Aber du warst ja gar nicht in diesem Traum, es waren nur die Wespe und ich da.

Deswegen habe ich mich nicht mehr geregt, ich stand ganz still. Sie könnte doch jeden Moment zustechen. Dann wäre ich vielleicht für immer blind. Oder ich könnte den Schmerz nie mehr vergessen.«

Er nickt langsam, das Kissen unter ihren Köpfen verschiebt sich leicht.

Er fragt: »Was denkst du, was das bedeutet?«

»Ich weiß nicht«, sagt sie.

»Wespen sind keine ruhigen Tiere«, sagt er. »Nur wenn sie bald sterben, bewegen sie sich nicht mehr viel.«

»Ich weiß nicht. Ich weiß nicht«, wiederholt sie.

»Möge es Gutes bedeuten«, wiederholt er. »Lass uns aufstehen. Das Kind ist sicher bereits wach.«

Ja, Cevhere ist bereits wach. Und frühmorgens hat sie tatsächlich noch am meisten etwas Kindliches an sich, das sie stets aufs Neue über den Tag hinweg zu verlieren scheint. Ihre Gesichtszüge werden dann erwachsener, nachmittags wirkt sie bereits nicht mehr wie fünfzehn, eher fünf Jahre älter, eine junge Frau, hanım hatun. Dann kommt die Nacht und verkindlicht sie, am nächsten Morgen scheint sie zunächst wieder so klein wie das Lämmchen, das sie war und doch auch noch ist.

Ja, sie ist bereits wach. Und hat schon Mehl auf dem Bodentisch ausgestreut. Als Süveyde ihr vor Jahren zeigte, wie man Brot bäckt, war Cevhere fasziniert davon, wie das Mehl sich in ihren Händen anfühlte. Sie war noch ganz klein, tapste staunend von Großmutter zu Tante zu Mutter, wo sie schließlich stehen blieb. Sie schmiegte sich an Süveydes Seite und fragte: »Was macht ihr, Mutter?«

Süveyde nahm eine Fingerspitze Mehl und legte sie ihrem Kind in die Hand.

»Daraus machen wir Brot.«

Ihr Kleines staunte über die Weichheit des Mehls, sagte, es fühle sich wie Blumenblüten an, fragte, ob es helfen dürfe. »Wenn du groß genug bist«, antwortete Süveyde. Schon lange ist das eingetroffen, schon lange ist Cevhere groß genug. Aber morgens sieht sie eben noch aus wie das Lämmchen, das zum Einschlafen Süveyde brauchte. Das Lämmchen, das Süveyde erst an der Brust hielt, dann im Sitzen auf den ausgestreckten Beinen in den Schlaf wiegte, dem sie dann irgendwann über sein Haar strich und zuhörte, wenn es schließlich selbst *die Eröffnende* rezitierte. Sie prüfte, ob ihr Kind das Gebet richtig erinnerte, seinen Sinn erfasste. Denn Süveyde hat in der Zwischenzeit beschlossen, dass auch die äußeren Gebete mit noch mehr Sinn als dem offensichtlichen aufgeladen sein müssen. Alles hat doch zwei Türen, so denkt sie sich, alles hat eine Tür verborgen hinter einer Tür. Wie ihre Leben. Dieses hier war verborgen hinter der Tür eines vorherigen. Dahinter war vielleicht sogar noch eine Tür.

Mit jedem weiteren Mal, das Süveyde ihrem Lämmchen beim Beten zuhörte, wurde ihr etwas klarer:

Während Yakup sich so verzweifelt ein Kind gewünscht hatte, weil er hoffte, es würde seine Frau endlich ihr letztes Leben vergessen machen, wünschte Süveyde sich ein Kind, das sich auch an ein vergangenes Leben erinnern und ihr dadurch die Einsamkeit nehmen würde. Ein beschämender Wunsch. Beschämend, weil sie doch weiß, wie schwer Erinnern und Nichtverstandensein wiegen. Wie wenig man sich daran gewöhnen kann, das Gefühl des Ertrinkens nicht vergessen zu können, sich auf viele Arten ständig weiter ertrinkend zu fühlen. Und letztlich ist das, woran du dich am deutlichsten aus deinem vergangenen Leben erinnerst, das Sterben.

Nein, es ist gut, dass Cevhere sich nicht erinnert. Es ist schön, dass ihr letztes Leben offenbar durch einen natürlichen Tod endete. Die Zukunft wird dadurch einfacher für sie. Und die Zukunft ist nicht mehr weit entfernt. Sicher wird sich Cevheres Schicksal bald entrollen, das ihr Zugeteilte wird eintreffen, sie wird heiraten, sie wird das Elternhaus verlassen. Lavendel und Flieder werden allmählich aus den Räumen schwinden. Schon bald. Süveyde ist nicht bereit für das Rauschen, das der Weggang ihres Mädchens erzeugen wird. Sie hat bereits gesehen, wie es sich zutragen wird. Vor einer Weile schon, im letzten Sommer. Die Wände des Hauses waren so sehr mit der Hitze vieler Sonnenstunden aufgeladen, dass die Familie nachts aufs Dach ging, um ein wenig Luft für einen friedlichen Schlaf zu bekommen. Süveyde war umgeben vom tiefen, entrückten Atmen durch die

Münder ihrer Geliebten, doch sie selbst war nicht müde. Sie wollte sich lieber die Sterne ansehen, die nun wieder nach einer kurzen Zeit der Wolken sichtbar waren. Sie sprach den Thronvers und dachte über Gott nach, bis sie einschlief. Im Traum sah sie ein wenig vom Gesicht ihres späteren Schwiegersohns. Er war ihr nicht bekannt, aber seine Augen fielen ihr auf. Sie waren wie Lehm. Eines Tages werden sie von gutmütigen Falten umgeben sein, Süveyde hat es bereits gesehen. Cevhere wird einen Herzschlag für diesen Jungen haben. Es wird alles richtig sein, und Süveyde lernt am besten jetzt schon, sich selbst die Angst zu nehmen. Die Zukunft ist nicht mehr weit entfernt.

»COME DOUSED İN MUD,
SOAKED İN BLEACH«

– Kurt Cobain

35/

»Sehr geehrter Herr Danisman,
sehr geehrte Frau Cesme,

gemäß unserer Rücksprache beim persönlichen Termin habe ich mit Frau Henkel über Ihre Beschwerden gesprochen. Wie es aussieht, konnte die Stunde nicht wie geplant durchgeführt werden, weil Ihre Tochter den Unterricht massiv gestört hat und es durch Ekin zu einer größeren Unterbrechung kam.

Da Ekin ansonsten noch nicht störend aufgefallen ist, haben wir uns darauf geeinigt, dass wir das Ganze auf sich beruhen lassen und das Ereignis nicht in ihr Zeugnis einfließen muss bzw. wird.

Was Ihre Beschwerden bezüglich Frau Henkels Person angeht, muss ich Ihnen mitteilen, dass uns außer Ihnen keine anderen Eltern mit etwaigen ähnlichen Vorwürfen angesprochen haben. Aufgrund der Komplexität der Situation, die ja immerhin eine Störung durch Ihre eigene Tochter beinhaltet, schlage ich vor, dass wir hier auch beiderseits akzeptieren, dass etwaige Antipathien vorkommen können, ohne weiteren Einfluss auf das Schulgeschehen haben zu müssen.

Mit Dank für Ihr Verständnis,
im Auftrag«

Eigentlich, wird ihm klar, fehlt nur noch, dass sie ihn des Rufmordes beschuldigen. Gül hat die Mail sicher auch schon gelesen und wird richtig angefressen sein. Vermutlich auch wütend auf ihn, weil er einfach immer weiter auf der Sache rumgehackt hat, obwohl es so aussichtslos ist. Zwar hatten Gül und er Anfang der Woche ein eher positives Gespräch mit der Rektorin – fanden sich in einem einladenden Büro statt unter der Killerpflanze bei der Sitzgruppe im Gang wieder, tranken Kaffee, lasen im Gesicht der Rektorin Verständnis, waren am Ende sogar überzeugt davon, dass sie ihre Mitarbeiterin sachgerecht konfrontieren und Konsequenzen einleiten würde. Aber das war eben Anfang der Woche, und jetzt ist Ende der Woche. Anfang der Woche sprachen sie persönlich mit der in Pastell gehüllten Schulleitung, saßen einander gegenüber, Ende der Woche kommt eine Mail mit falsch geschriebenen Namen, Seite eins im Buch der Mikroaggressionen. Anfang der Woche ist wie das helle Tageslicht, bei dem sich die Zombies, von denen du noch gar nichts ahnst, nicht raustrauen, Ende der Woche ist die Nacht, zu deren Beginn du noch verstanden hast, dass ein Virus aus Menschen hungrige Untote macht und dass sie dir nur dann nichts tun können, wenn ihre Blut-Hirn-Schranke durchtrennt wird, und dann beißen sie trotzdem Stücke aus deinem Gesicht, weil du so blöd warst, dich in deinem Unterschlupf, in den du dich nach ersten Kämpfen flüchtetest, sicher genug zu fühlen, um die Axt für einen Moment aus der Hand zu legen.

Während Cemal unten vor Güls Haustür steht und die Klingel drückt, um Ekin für das Wochenende abzuholen, gibt er dem Ohrwurm nach, den er sich gerade, wie immer, selbst eingebrockt hat. Unter seiner Hand spürt er die Tür durch den Summer leicht aufgehen, er drückt dagegen und pausiert das Lied. Ekin liebt Childish Gambino, sie können das Lied nachher beim Abendbrotmachen hören. Und sie hat keine Ahnung davon, was Zombies sind, also muss er sich nicht für einen schlechten Vater halten. Obwohl – ihre erste untote Erfahrung hat sie ja jetzt schon gemacht. Hat sie wirklich keine Ahnung?

Oben angekommen, steht sein Kind aber gut gelaunt an der Tür und winkt ihm bereits entgegen. Umgeben wird sie von Musik, die aus ihrem Zimmer kommt und sich im Hausflur hallend breitmacht. Alle hören J Dilla, ob es ihnen bewusst ist oder nicht.

»Papa«, ruft sein Herz und breitet die Arme aus.

»Dünya varmış ya«, ruft er aus, als er sie umarmt. Was es für eine Welt gibt, was für ein diesseitiges Paradies! Sie kichert.

»Babam, du hast aber nicht gefragt, wer an der Tür ist, bevor du aufgemacht hast«, fällt ihm schließlich ein zu mahnen.

»Ich wusste doch, dass du es bist, baba.«

»Trotzdem, du musst immer fragen. Das haben wir doch schon besprochen.«

Gül kommt aus dem Wohnzimmer, bemerkt Ekins Vergnügen an der Gefahr ebenfalls unerfreut und schickt sie zum Packen in ihr Zimmer. Das Kind ist die Ruhe selbst, macht sich erst mal neue Musik an und füllt bei weit geöffneter Tür seinen Rucksack: eine sorgsam kuratierte Auswahl an Plüschtieren und anderen Spielsachen, die Ekin dieses Wochenende um sich haben will. Cemal kann sich das breiteste Lächeln aller Zeiten nicht verkneifen und würde am liebsten einfach mal zufrieden bleiben, aber es gibt ja noch etwas zu besprechen. Er wendet sich Gül zu, will gerade anfangen, da fällt ihm auf, welches Lied im Hintergrund läuft.

Die Stimme aus der Lautsprecherbox in Ekins Zimmer besingt einen vor langer Zeit geborenen und verstorbenen Cemal, ein Cemal wie ein Löwe, singt die Stimme, und Ekin singt mit. Ähnlich wie Georg damals, sie würden sich darin sympathisch finden, pickt auch sie sich nur die Verse raus, deren Wörter sie manchmal erkennt und manchmal nur zu erkennen meint. So erschafft sie ein weiteres Cover dieses uralten, über Jahrzehnte hinweg immer wieder neu interpretierten Liedes, verändert die Lyrics, macht den Besungenen plötzlich zu Gold, wo er geliebt und getötet sein sollte. Ekin remixt ihren Goldcemal in die Passagen ohne Gesang, vervielfacht ihre neue Version des Refrains, interessiert sich nicht für den vorgegebenen Takt. In den Ohren ihres Vaters klingt es großartig.

»Das ist ihr neues Ding«, bemerkt Gül, als sie Cemals hochgezogene Augenbrauen und sein Grinsen sieht, »das Lied läuft seit drei Tagen rauf und runter, und sie singt jedes Mal mit. Dann sage ich: ›Kızım, das heißt nicht altın, du musst ein bisschen besser zuhören.‹ Dann sagt sie: ›Aber mein Cemal ist aus Gold.‹ Ich hab's jetzt einfach aufgegeben.«

Sie müssen beide lachen, und Cemal fragt sich, ob das einer dieser Momente ist, die Glücklichsein, so richtig auf die gesamte Lebensspanne betrachtet, ausmachen. Ein Moment, der einem im Sterben hoffentlich wieder einfällt.

»Gül, wegen Frau Henkel«, kommt Cemal schließlich zur Sache.

»Hör bloß auf.«

»Komm schon«, sagt er. »Es tut mir leid, dass das jetzt so passiert ist. Aber hättest du das gedacht?«

»Wir hätten es einfach wissen müssen.«

»Und dann hätten wir nichts gesagt?«

Für eine Sekunde sieht sie ratlos aus.

»Weiß ich nicht, keine Ahnung. Aber lass uns da jetzt nichts mehr machen«, erwidert sie.

»Willst du das jetzt echt auf sich beruhen lassen?«

»Cemal, was willst du denn sonst machen? Die sind eine Mail, einen Anruf davon entfernt, dir richtig die Hölle heißzumachen. Und wer hat dann was davon?«

Sie stehen immer noch im Flur rum. Gül geht zu Ekins Zimmer und schließt die Tür, die Kleine kriegt das zwischen Mitsingen und Plüschispacken noch nicht mal richtig mit.

»Ich fürchte, wir müssen das jetzt aushalten«, sagt Gül. »Ekin weiß, dass sie alles richtig gemacht hat.«

»Meinst du, das reicht?«

Noch ein bisschen leiser, sodass Ekin sie ganz sicher nicht hören kann, obwohl die Tür sowieso zu ist und das Kind dafür ein übermenschliches Gehör haben müsste, sagt Gül: »Cemal, bitte mach ihr kein schlechtes Gefühl wegen der Sache. Dass wir mit der Schule oder meinetwegen auch mit den anderen Eltern sprechen, musste sein, auf jeden Fall. Aber bei ihr müssen wir das nicht ständig zum Thema machen, dann wird sie nur das Gefühl bekommen, dass das dauernd noch mal passieren kann.«

»Kann es ja auch.«

»Cemal.« Sie atmet tief aus. »Das weiß ich doch. Aber willst du das Kind depressiv machen? Sie hat gelernt, wie sie Rassismus erkennen kann und dass sie sich nicht kleinmachen darf. Lass uns lieber darauf konzentrieren, okay?«

Aber sie ist ein Kind, das ist doch nicht ihre Aufgabe, das zu erkennen und sich ständig zu wehren, will er sagen, damit bleibt alles so schlimm, wie es für uns war, oder sogar noch schlimmer. Nur weiß er, dass es hier kein Richtig gibt, dass sie eigentlich nur falsch handeln können, weil sie sich im Falschen verhalten müssen.

»Okay«, sagt er also, »meinetwegen.«

Wie soll man sich da jetzt nicht erbärmlich fühlen? Womöglich kein Feigling, denkt Cemal an den Vorwurf aus seinem Traum kürzlich zurück, aber vermutlich doch ein Versager. Als Lehrer müsste er doch viel mehr ausrichten können, warum gelingt ihm das nie? Warum stößt er immer wieder und wieder an seine Grenzen, schafft es nie, die Schranken zu durchqueren, kann weder für sich noch für sein Kind diese Dinge erleichtern? Sein Vater fuhr nicht nur durch einen Grenzübergang nach dem anderen mit einer gespenstischen Ruhe, er sprach kaum Deutsch und stellte in Cemals Schule trotzdem alles auf den Kopf, um das Gerechte für sein Kind einzufordern, ihn aufs Gymnasium zu schicken. Die Chamäleons, er entlarvte sie alle. Cemal hat ihn nie gefragt, wie er das gemacht hat. Georg würde wahrscheinlich sagen: Frag ihn doch einfach jetzt. Tatsächlich hat er das in dieser Art auch schon einmal gesagt, in Bezug auf Cemals Vater.

Er weiß nicht mehr, welche Jahreszeit es war, Spätherbst oder Winter womöglich, da es recht kurz nach ihrem Kennenlernen war. Und definitiv regnerisch. Georg hatte vorgeschlagen, Ramen essen zu gehen, und Cemal kannte ihn noch nicht gut genug, um bereits schwierig zu wirken, also sagte er nicht, dass es kein Gericht auf der Welt gibt, das er mehr hasst als Ramen. Der Laden, den Georg ausgesucht hatte, war winzig und einladend. Es stellte sich heraus, dass er den Besitzer kannte. Ein früherer Mitschüler, der, wie Georg Cemal erklärte, nur nach zwei Regeln handelte: gutes Essen zubereiten beziehungsweise konsumieren und dabei gute Beats hören.

»Er sagt immer zu mir: ›Wer die Regeln nicht mag – bitte schön, da ist die Tür‹«, erzählte Georg.

Cemal nickte anerkennend und entschied sich, einfach das gleiche Gericht wie Georg zu nehmen. Das Soundsystem spielte *I Still Love You* von Evidence ab, der letzte Track auf der *Weatherman LP*. Die wichtigsten Dinge werden immer zum Schluss gesagt.

Georg sah ihm an, worauf er sich konzentrierte.

»Kennst du das?«

»Hm-m«, machte Cemal und neigte den Kopf stärker in Richtung der Schallwellen. Der Track endete, und man hörte durch diese unverschämt klangreinen Lautsprecher, wie Evidence' Mutter von einem Journalisten zu ihrem Leben befragt wird.

»Sie hat für ihren Sohn ihre Schauspielkarriere aufgegeben«, wiederholte Georg.

»Hm-m«, wiederholte Cemal.

»Ich frage mich, ob ich auch mal was Großes für meine Kinder aufgeben werde.«

Georg schaute in die Luft. Träumerisch.

»Wenn, dann wird es durch etwas Schöneres ersetzt.«

»Was war es bei dir?«

»Das Gleiche wie bei allen in unserer Generation«, antwortete Cemal. »Wenn ich das mit Dingen vergleiche, die meine Eltern aufgegeben haben, ist das alles gar nichts.«

Georg schwieg. Aufmerksam.

»Als ich Vater geworden bin, habe ich ständig von Zügen geträumt«, sagte Cemal irgendwann.

»Warum?«

»Wegen meinem Vater, glaube ich. Ich habe früher viel darüber nachgedacht, wie es wohl für ihn war, nach Deutschland zu gehen.

Als er im Zug saß, der ihn hierherbringen würde, fragte er sich doch sicher, ob das richtig war. Sich das zu fragen und zu wissen, dass man es erst nach Jahrzehnten beantworten kann, wenn überhaupt. Eine Ahnung von Reue haben, weißt du, einfach nur, weil es kein Zurück gibt.«

In diesem Moment schätzte er es sehr, dass Georg nicht fragte, warum es kein Zurück gibt. Dass er sein eigenes Nichtverstehen verstand und akzeptierte.

»Deswegen habe ich mich immer gefragt, was Freiheit für ihn bedeutet. Weil er hat ja diese ganzen Verpflichtungen der Familie hinter sich gelassen und gleichzeitig stand er unter einem riesigen Druck, Erfolg zu haben. Genug Kohle zu verdienen. Gesund zu bleiben, damit es weitergehen kann.«

»Aber hast du ihn selbst das auch mal gefragt? Also das mit der Freiheit.«

»Die Art von Beziehung haben wir leider nicht.«

»Kommt vielleicht noch«, sagte Georg und zuckte sweet mit den Schultern.

In Cemal führte diese kleine Geste zu einer Überlegung darüber, was Georg wohl über Väter wusste. Er wollte ihn fragen, aber er tat es nicht. Georg erzählte von alleine, dass sein Stiefvater wichtiger für ihn war als sein leiblicher Vater. Er ging nicht in die Tiefe, sagte nur: »Sascha ist einfach immer da gewesen. Aber inzwischen habe ich auch ein bisschen Kontakt mit meinem eigentlichen Vater. Also ich sag nur: So was kann sich auch ändern. Vielleicht probierst du einfach mal, deinen Dad auf diese Dinge anzusprechen. Mehr zu erfahren oder so.«

Er lächelte dabei nicht, aber seine Gesichtszüge waren sanft. Sogar die Falten um seine Augen: weich wie Flüsse. Cemal hatte zum ersten Mal das Gefühl, jede Linie in Georgs Gesicht zu Papier bringen zu müssen, obwohl er überhaupt nicht zeichnen kann, ihn kartografieren zu müssen, diese Wege in Georgs Gesicht mit der Kuppe seines Zeigefingers nachfahren und in seinem Gedächtnis abspeichern zu müssen.

Er ist eigentlich nicht mehr erstaunt darüber, wie dringend sich dieses Bedürfnis noch anfühlt, wie wenig es nachgelassen hat. Er hat jetzt so lange gewartet, bis ihn das Gefühl fast erstickt, und jetzt geht es keine Sekunde mehr länger.

»Georg«, tippt er in sein Telefon. »Es tut mir leid. Sehr. Hoffe, es geht dir gut.«

Er ergänzt seinen Namen, falls Georg seine Nummer schon gelöscht hat, und schickt ab.

36/

Höchstens eine halbe Minute hat er das Telefon nicht in der Hand gehabt und nimmt es jetzt doch wieder auf. Nachdem er Ekin ins Bett gebracht und mit ihr als neues Ritual die Möglichkeit seiner Rückkehr zum Nichtrauchertum besprochen hat (»Wenn du mir sagst: Hör auf der Stelle auf, dann tu ich es.« – »Hör auf der Stelle auf!« – »Okay, morgen«), nachdem er vor sich hin gegrübelt und als Konsequenz vor Georg seinen Brustkorb geöffnet und sich entlarvt hat, kann er nicht warten, bis der Aufprall von Luft auf seinen freigelegten Organen ihn in Schmerzen versetzt. Er schreibt Büşra eine Nachricht mit der Frage, ob sie mit ihm telefonieren möchte.

Sie bejaht, aber als sie den Anruf annimmt, wird ihm wieder einmal klar, dass er von allem, was ihn umtreibt, nur ein ausgewähltes Problem erzählen kann.

»Abla, können wir was besprechen«, sagt er nach einem Gesprächseinstieg über Belanglosigkeiten, »wir haben da gerade diesen Stress an Ekins Schule, und das ganze Theater zeigt mir so langsam, dass ich sie nicht richtig beschützen kann. Vor der Welt, weißt du.«

Er sieht auf seinem Handydisplay, wie sie die Stirn runzelt und vertrocknete Blätter von einer Pflanze auf der Fensterbank in ihrem Wohnzimmer abzieht, durch den Raum tigert.

»Das gehört doch zum Elternsein dazu, oder nicht?«

»Bin mir nicht sicher.«

Sie reden eine Weile über den Vorfall, sprechen über sinnlose Schulwechsel und potenziell weniger sinnlose Beschwerden beim Schulamt, Situationen aus Kindheit und Jugend fallen ihnen ein, sie kommen von einer Rassismusanekdote auf die nächste, sind genervt und können nicht aufhören, bis Büşra schließlich leicht monologisierend den Absprung einläuten will. Sie sagt:

»Als du noch in der Schule warst, konnte ich mich nicht in deinen Alltag einfühlen, für mich war ja vieles ganz anders, ich habe deine Generation nicht verstanden. Aber auch weil du ein Junge warst. Wenn du abends irgendwo unterwegs warst, hatte ich Angst, dass die Bullen dich anhalten, egal, wie brav du immer warst, einfach nur weil du wie ein Araber hoch zehn aussiehst. Oder dass dich jemand zusammenschlägt. Andererseits habe ich Dinge erlebt, die dir nicht passieren könnten. Niemand kann dich auf diese Sachen vorbereiten. Man muss die Erfahrungen selber machen.«

Sie wendet den Blick von den Pflanzen ab und zu ihm hin.

»Abla, das sehe ich überhaupt nicht so.«

»Doch, glaub mir. Das gehört einfach zum Leben für uns dazu. Man muss die Erfahrungen selber machen, die schlechten und die schönen. Wie mit dem Nachbarsjungen, in den du verliebt warst.«

Er lacht – nicht weil es witzig wäre, sondern aus Affekt, er ist überrumpelt von ihrer Direktheit.

»Du bist wie ein Vorschlaghammer«, sagt er und lacht noch ein bisschen weiter, kopfschüttelnd. »Sinan. Und bewertest du das jetzt als schlecht oder als schön? Weil du gerade meintest ...«

»Na ja, schön, natürlich. Du Fisch.«

»Aber das war eigentlich überhaupt nicht schön, das alles.«

Sie winkt ab. »Verliebtsein ist doch immer schön.«

»Keine Ahnung, vielleicht.«

Die Geschwister schauen sich in die Augen, ohne das wirklich zu tun, weil sie sich über Videotelefonie ansehen, und vielleicht denken sie dabei an verschiedene Versionen ihrer Leben, in denen Dinge, die passierten, nicht passiert sind, und Dinge, die nicht passierten, passiert sind. Vielleicht denken sie an Communitys, in denen Ekin später ihre Leute finden könnte, im Wissen, dass das wundervoll und notwendig, aber nicht ausreichend wäre. Vielleicht denkt Cemal aber auch einfach an Sinan, vielleicht denkt Büşra an ihren kleinen Bruder der Vergangenheit, wie er zum ersten Mal verliebt und zum ersten Mal wegen dieser Verliebtheit verzweifelt war, denkt nicht an ihre eigene erste Verliebtheit, weil sie als abla erst an die Jüngeren denkt.

Er fragt: »Woher wusstest du?«

»Von Mama, woher denn sonst. Außerdem habe ich euch auch mal zusammen gesehen, als ich am Wochenende da war.«

Sein Affektlachen ist endgültig verschwunden, seine Augen werden glasig, wie schnell ein Körper die eigenen Reaktionen umschlagen kann.

»Ich habe immer vermutet, dass anne es wusste, aber ich war mir nicht sicher. Niemand hat je was gesagt.«

»Mama hat immer alles gewusst«, sagt Büşra. »Sie konnte wahrscheinlich nicht verstehen, was genau da Sache war, ehrlich gesagt glaube ich, dass sie nie gelernt hat, was so eine kara sevda wirklich ist, aber sie hat dich gelassen, weil du das so gebraucht hast.«

Cemal erwidert nichts, aber Büşra ahnt, was er denkt.

»Glaub mir, Cemal, sie hat alles gegeben.«

Er schnaubt.

»Hast du schon mal überlegt, warum du wirklich in der Türkei geboren wurdest?«

»Weil sie zurückwollte.«

»Weil sie dafür sorgen wollte, dass alles richtig läuft. Wie willst du dafür sorgen, wenn du nicht ernst genommen wirst? Kannst du nicht. Du hast ja keine Ahnung, wie es in so Kreißsälen zugeht, was ich schon alles gehört habe, und dann auch noch damals und dann auch noch so eine kleine harmlose anne. Was glaubst du, wie traumatisch das für sie war, mich und Selkan hier im Krankenhaus auf die Welt zu bringen, ganz alleine? Du denkst doch nicht, dass sie als mehr behandelt wurde als die Putzfrau, die den Dreck wegmacht von genau diesen Leuten, die da die Macht über sie hatten? Ihr nach Belieben Spritzen gegeben haben, obwohl sie nicht wollte, ihr das Baby erst ewig spät nach der Geburt gebracht haben und so weiter und so fort. Du kannst dir diese ganzen Horrorgeschichten nicht vorstellen, Cemil.«

»Sie hätte mich nicht zurücklassen müssen«, sagt er leise.

»Du glaubst immer noch nicht, dass sie wirklich dachten, sie gehen zurück.« Büşra schüttelt den Kopf. »Mama hat doch sogar Selkan mitgenommen deswegen. Baba und ich sollten so schnell wie möglich nachkommen. Dass wir kein Geld hatten, war wie ein Riesenglück für mich. So konnte ich meine Ausbildung fertig machen. Sonst hätte ich die abbrechen müssen, um mitzugehen. Wenn das Geld gereicht hätte. Das weißt du doch.«

»Abla, nichts für ungut, das ist Gelaber.«

»Was Laber! Cemil.« Sie schüttelt erneut den Kopf, ist vielleicht ein bisschen genervt davon, dass sie sich wieder versprochen hat. »Cemal. Ich habe mir damals jeden Tag den Kopf zerbrochen, wie das weitergehen sollte. Was ich alles mit denen gestritten habe, bis wir einen richtigen Plan hatten.«

Der berüchtigte, angeblich richtige Plan: Kadir würde bleiben, um weiter in der Fabrik gegen die Armut anzuschuften und um Büşra wenigstens die Beendigung ihrer Ausbildung zu ermöglichen, da sie nicht alleine hätte zurückbleiben dürfen. Wie alle Pläne in Cemals Familie war auch dieser offensichtlich nicht zu Ende gedacht worden. Büşra wollte bereits zu jener Zeit Anwältin werden, mit einem Ausbildungsabschluss wäre die Reise lange nicht für sie zu Ende gewesen. Auch wenn beide es nicht aussprechen, ist Büşra und Cemal doch klar, dass die älteste Tochter noch mindestens einen geheimen Folgeplan gehabt hatte, der viel Arbeit beinhaltete. Tagsüber Büro, später Abendgymnasium, an den Wochenenden lernen. Genauso klar ist beiden Geschwistern, dass Büşras eigentlicher Plan nicht möglich gewesen wäre, wenn die Familie sich nicht für jene Zeit getrennt hätte.

Womöglich aus Verantwortungsgefühl gegenüber diesem Opfer ließ Büşra sich in den Folgejahren von wirklich gar nichts ablenken. Cemal kennt die Geschichte von ihrem ersten Freund in der Berufsschule, mit dem sie nach wenigen Wochen Schluss machte, weil sie merkte, keine Minute für noch so gut aussehende Ablenkungen übrig zu haben. Dem Verschmähten brach das Herz, aber statt einzusehen, dass seine stahlblauen Augen nicht genug waren, um sie von ihrer geplanten Karriere abzubringen, dachte er, sie würde zu Hause unter Druck gesetzt werden, und schlug vor, mit ihr abzuhauen, sie zu retten. Cemal kennt die Geschichte, weil bis heute die Erwähnung des Namens Lars reicht, um unkontrollierbare Lachanfälle bei seinen Schwestern auszulösen und die Geschichte wieder und wieder zu erzählen. Ob von Büşra oder Selkan, ist dabei ganz egal, sie scheinen in der Episode, die ja nur eine von ihnen tatsächlich erlebt hat, zu einer Entität zu verschmelzen, die alle Erinnerungen einverleibt. Lange war Cemal eifersüchtig auf diese Fähigkeit und auf die Innigkeit, die er darin sah. Eine Art von Geschwisterleben, die er nicht kennt, nie kennenlernen wird.

»Wenn du das Leben hier wolltest, warum hast du nicht geholfen, dass wir alle zusammen in Deutschland sind?«, fragt er Büşra und ist kaum erstaunt über seinen plötzlichen Mut. Diese Frage, die er schon immer stellen wollte und es nie gewagt hat.

»Woher willst du wissen, dass ich das nicht getan habe«, sagt sie. »Vergiss nicht: Die Kinder unserer Eltern bleiben für sie immer Kinder. Es ist egal, wie viel älter ich bin als du. Kinder treffen nicht die Entscheidungen. Außerdem bist du nicht der Einzige, der gelitten hat. Denk mal an Selkan, denk mal an mich. Meine beste Freundin weg, mein kleiner Bruder in den Sommerferien ängstlich, als wäre ich eine Fremde.«

Sie ist erneut von ihrem Sessel aufgestanden und zu den Pflanzen am Fenster zurückgekehrt. Sie nimmt die Spitze eines Verbenenblatts zwischen Daumen und Zeigefinger, so wie sie es früher am Bächleplatz schon immer getan hat.

»Wir sind vom Thema abgekommen.«

»Ja«, sagt er, kann es plötzlich nicht mehr erwarten aufzulegen, auch wenn ihn das wieder zurück ins Aushalten zwingt. Das Warten auf Georgs Antwort aushalten, die Unfähigkeit zur Erleichterung für Ekin aushalten und jetzt noch dazu: Büşras innere Widersprüche als Stellvertreterin seiner Kindheit aushalten. »Ja, stimmt. Wir sind vom Thema abgekommen. Wie immer.«

»Du bist ein guter Vater, Cemal«, sagt Büşra zur Versöhnung und als Vorbereitung auf das nahende Ende des Telefonats, in Cemals Ohren klingt es halbherzig. Kurz bevor sie auflegen, ergänzt sie doch noch etwas: »Niemand kann seine Lieben vor allem beschützen, yavrum. Das müssen wir ertragen.«

Sie versteht ihn einfach nicht, er weiß es, und dennoch hat er es versucht.

37/

Georg würde – heute wahrscheinlich nicht mehr, jedoch in einer Vergangenheitsform – zu allem in Summe sagen: »Komm zur Ruhe.« Wäre es vor eineinhalb Jahren passiert, hätte Cemal seine Stimme hören können, wie sie diese Worte spricht. Aber unfreiwillig ist Cemal eben im Jetzt, und Georg richtet zwar wieder Worte an ihn, nämlich genau in diesem Moment, in dem Cemals Handy eine Nachricht empfängt, aber seine Sprache ist kühl, nicht wie früher. Cemal erfasst die Nachricht, sucht nach mehr, aber darin steht nur das, was es ist:

»Was genau tut dir leid?«

Sofort antworten, damit das Gespräch nicht abreißt, bevor es überhaupt begonnen hat. Er tippt, löscht, tippt, löscht wieder, tippt, während vierzig Jahre kommunikative Unfähigkeit über ihn einbrechen.

»Alles.

Es tut mir einfach leid, und ich wünschte, das hätte nicht so geendet. Oder überhaupt geendet.«

Georg antwortet so schnell, dass man denken könnte, er hätte die Nachricht schon vorbereitet.

»›Alles‹ reicht mir nicht, sorry. Ist gut, dass du dich entschuldigst, aber wenn du nicht mal bisschen aus dir rauskommst, ist das leider Zeitverschwendung.«

Cemal ist eine Salzsäule. Starrt, blinzelt, legt schließlich das Handy weg, da kommt nichts mehr, steht auf, und dann kommt doch wieder was.

»Du kannst dich wieder melden, wenn du ehrlich so weit bist. Für wirklich ›Alles‹.«

38/

Rahmetli, du hast die Zukunft gesehen, wie weit reichte dein Blick? War ich schon darin? Wenn ich darin war, war Ekin auch schon darin?

Er will sie noch mehr fragen, nach Georg. Sein Mut genügt nicht, es spielt aber keine Rolle, denn sie spricht nicht, sieht ihn nicht an. Es ist ja auch nicht fair von ihm, das ist ihm klar, denn Süveyde ist ein Kind, kaum älter als Ekin, womöglich hat sie erst kürzlich herausgefunden, dass ihre Albträume, ihr nächtliches Ertrinken, in Wirklichkeit ein Erinnern sind. Vielleicht ahnt sie bereits, dass sie sich ein Leben lang an dieses Erinnern klammern wird, selbst wenn es ihr nicht guttut.

Weil seine Fragen nicht fair sind, versucht er, sie nicht mehr zu denken, Leere in alles einziehen zu lassen anstelle dieses Schweigens, das ja doch voller Worte ist. Wenn nun Ekin statt Süveyde vor ihm stünde, würde er in ihrer Stille Betrübung ausmachen, versuchen, sie zum Sprechen oder wenigstens zum Lachen zu bringen. Einen Ablenkungsversuch starten, indem er mit ihr die heruntergefallenen Orangen aufsammeln und nach Hause bringen würde.

Das Kind ignoriert ihn, blickt auf das geöffnete Eisentor vor dem Hof. Cemal folgt seinem Blick. Das Tor ist in hellem Blau lackiert worden, aber die Farbe ist nicht mehr neu und an vielen Stellen schon verblasst oder sogar abgeblättert. Auf die Zacken an der oberen Kante des Tors sind kleine Auberginen zum Trocknen aufgespießt worden. Sie werden sich ewig lagern lassen und immer noch wundervoll schmecken, wenn sie schließlich zu dolma verarbeitet werden, sein Liebstes von früher. Es ist Unsinn, das kann nicht Süveydes erstes Haus sein. Cemal kennt alles hier aus seiner eigenen Kindheit. Damals existierte Süveydes Elternhaus schon lange nicht mehr. Stattdessen hat sie sich nun dieses genommen, es ist, als hätte sie Cemal aus seiner eigenen Kindheit gestoßen. Wie sonst lässt sich erklären, dass hier keine Töne sind? Räume zwar, aber alles ist verlassen, und da ist nur dieses Kind, das aus grasgrünen Augen über die steinige, staubige Erde blickt.

»FALL IN YOUR WAYS SO YOU CAN WAKE UP AND RISE«

– Solange

39/

Wenn du einen Menschen vermisst, auf welche Arten macht sich das bemerkbar? Bist du wütend auf diesen Menschen, weil er dich in eine Einsamkeit gezwungen hat, die du nicht kanntest? Bist du vielleicht nicht wütend, gehst aber auf Abstand, wenn dieser Mensch wieder in dein Leben tritt, aus Angst, dass es noch einmal passieren könnte? Als seine Ehe vorbei war und er auszog, befürchtete Cemal, dass Ekin sich genau so – wütend und distanziert im Wechsel – verhalten würde. Sie war noch so klein und tat sich unglaublich schwer mit Abschieden. Er hatte es beobachtet, jedes Mal wenn ihre Großeltern oder Tanten da waren. Wenn sie sich verabschiedeten, würdigte sie den Besuch keines Blickes mehr. Erwiderte nichts auf jedes noch so süße »hadi tschüss yavrum«, jedes »bis nächste Woche teyzem«, jedes »hadi bay bay yap kızım«. Nichts. Sie schaute stur woandershin. Es hielt ihn wach, dass sie sich ihm gegenüber nun genauso verhalten könnte.

Gül sagte: »Wir haben doch gewusst, dass es vielleicht

nicht für immer ist. Wieso hast du denn jetzt Angst.« Anne sagte: »Cemy, keine Sorge, das wird schon.« Damit war der Radius für das Besprechen seiner Probleme ausgeschöpft, er musste es auf sich zukommen lassen. Er textete sein Kind zu. Jeden Abend, komme, was da wolle. An den ersten Wochenenden wollte sie anfangs nicht von Güls Arm runter, wenn sie zu ihm kam, vergrub ihren Kopf am Hals der Mutter, zeigte ihm, dass sie unzufrieden mit ihm war, weil er sie verlassen hatte. Glücklicherweise hielt das nie länger als eine halbe Stunde an. Cemal erfand immer mehr Rituale, die ihnen (hauptsächlich ihm) zu einem Gefühl der Normalität verhalfen. Um die Abschiede an den Sonntagen in Güls Wohnung mogelte er sich, indem er erst ging, nachdem Ekin ins Bett gebracht worden war. Der Vorschlag dazu kam von Gül, als es nach dem ersten Wochenende einen historischen Aufstand von Ekin gab, der alle drei fast zum Heulen brachte.

»Cemal, bleib einfach, bis sie pennt, sonst wird das heute nichts mehr«, sagte sie resigniert. Er weiß noch: Als Ekin endlich fest schlief, tranken sie in der Küche sogar noch ein Bier miteinander, bevor er ging, es war, als wären sie Verbündete in einem halsbrecherischen und publikumsmagnetisierenden Heist.

Dann passierte es wieder. Und wieder. Und wieder. Das Bier blieb eine einmalige Angelegenheit.

»Täglich grüßt das Murmeltier«, sagte er aus Verlegenheit zu Gül, als nach über einem Monat immer noch keine Besserung im Abschiednehmen eingetreten war.

»Den Scheißfilm hab ich schon als Kind gehasst«, sagte sie, »egal, das wird auch irgendwann einfacher.«

Es wurde tatsächlich einfacher, und zum Dableiben gezwungen zu sein, half sogar, sich schneller normal mit allem zu fühlen. Am Anfang ihrer Beziehung hätte er nicht gedacht, dass Gül mal zu seiner besten Freundin würde, dass er sie je anders als auf ihrem Podest sehen könnte. Aber sie wurde es, und er konnte es.

Ihre Familie ignorierte von der Scheidung an seine Existenz. Seine Familie ignorierte, dass er getrennt war. In jenem Sommer reiste er für zwei Wochen ins Dorf zu seinen Eltern. Der Ort war aus seiner Zeitlosigkeit herausgefallen. Die Häuser wuchsen in die Höhe, Wohnungen junger Familien waren auf eingeschossige Elternhäuser gebaut worden, Räume über Räumen. Die Straßen waren ebenmäßiger geworden, der Staub hatte abgenommen, die Hitze war erstarkt. Kadir und Nurcihan während der Wintermonate am Bächleplatz zu besuchen, wäre einfacher gewesen, er würde das auch noch tun. Aber er hatte das Gefühl, sich stellen zu müssen, nachdem er die Nachricht von der Trennung in einem Telefonat überbracht hatte. Er wusste, sie hatten Fragen, verlangten nach einem triftigeren Grund als: Es hat nicht mehr funktioniert, und: Wir sind zu unterschiedlich. Er wollte vermeiden, dass sie Gül nicht mehr mochten und sie dafür verurteilten, mehr zu wollen. Letztlich waren sie selbst ja immer zusammengeblieben, und sie waren womöglich bis heute nicht befreundet.

Sie holten ihn vom Flughafen ab. Damals konnte sein Vater schon nicht mehr gut genug sehen, um zu fahren, Selkans Mann saß hinter dem Steuer. Vater bestand darauf, dass Cemal nach vorne auf den Beifahrendensitz ging. Auf der Fahrt wandte er sich der Rückbank zu, um seinen Eltern Fragen über ihr Wohlergehen zu stellen und nicht unhöflich zu schweigen. Auf den dunkelgrauen Polstern saßen Kadir und Nurcihan, sahen ihn wie freundliche Fossilien an. Als sie im Dorf ankamen und aus dem Fahrzeug ausstiegen, fiel ihm auf, wie sehr sie schon wieder gealtert waren. Dabei lag nur eine Jahreszeit zwischen diesem und dem letzten Besuch. Auf dem Handydisplay fällt es nicht so auf, aber wenn sie direkt vor dir stehen, merkst du, wie klein sie geworden sind. Könntest du darüber weinen, würden deine Tränen vielleicht auf sie fallen und sie wieder zum Wachsen bringen. Aber du hast zu diesem Zeitpunkt in deinem ganzen erwachsenen Leben noch nicht aus Trauer geweint.

Das Haus hatte sich verändert und war doch gleich geblieben. Die türkise Wandfarbe im kleinen Zimmer war glattem Cremeweiß gewichen, am Kopfende der nun winzig auf ihn wirkenden karyola luden Kissen dazu ein, sich direkt hinzulegen, es roch nach frisch gewaschenen Bettlaken. Sogar die Klimaanlage hatten sie für ihn angemacht. An der Wand hingen dieselben Bilder wie in seiner Kindheit, auf ihnen zu sehen die selig Ruhenden, die er nie gekannt hatte. Mutter klopfte an den Rahmen seiner offen stehenden Tür und fragte, ob er noch etwas brauche. Er schüttelte den Kopf, sie nickte und trat ein, setzte sich auf die karyola.

Jetzt fragt sie nach der Scheidung, dachte er. Jetzt äußert sie einen Verdacht.

Aber sie sagte stattdessen: »Deine große Schwester freut sich sehr auf dich. Dein Schwager holt sie jetzt ab.«

Selkan wohnte mit ihrer Familie in der Stadt, in Nurcihans Sprechen umschloss »sie« auch Selkans jüngste Tochter Ceyda, die noch nie woanders gelebt hatte. Bald würde sie das Abitur machen, ihre beiden älteren Brüder, die Zwillinge, waren bereits junge Erwachsene und studierten unterschiedliche Dinge in unterschiedlichen Städten. Er zeigte und ließ sich Tausende Fotos und Videos zeigen, nachdem Selkan ihn endlich aus ihrer Begrüßungsumarmung entlassen und ihre Augen getrocknet hatte. Sie scrollten erst durch Cemals Telefon, dann durch das seiner Nichte, dann war Selkans Bilderfundus an der Reihe, mit ein paar Exkursen zur Digitalkamera ihres Mannes, auf der sich unzählige Videos aus verschiedenen Situationen des Familienlebens befanden.

»Schwager, kannst du das mit dem Fernseher verbinden? Mutter und Vater sollen auch etwas sehen«, sagte Cemal, während Selkan ihm weiter das Handy vorhielt und ein Foto nach dem anderen zeigte.

»Weißt du noch, wie du mir mit den Babys geholfen hast?«, sagte sie. »Du warst selbst noch so klein, gerade mal in der Grundschule, und du warst mir eine sehr große Hilfe.«

»Ich habe sie doch nur ein bisschen durch die Wohnung getragen.«

»Das hat schon geholfen.«

»Hast du auch auf mich aufgepasst, als ich ein Baby war?«, fragte Ceyda.

»Nein, mein Mädchen, da war dein Onkel doch schon in Deutschland«, antwortete Selkan für ihn.

Auf dem Sofa gegenüber saßen wieder seine Eltern nebeneinander, Püppchen, die von einem gepolsterten Möbel auf das andere verfrachtet worden waren. Ceyda ging in die Küche, um ihnen Tee zu bringen, und ihre Gesichter leuchteten auf. Cemal wurde zum millionsten Mal bewusst, wie sehr sie ihre Enkelkinder anhimmelten, es war vielleicht das, wofür das Wort »rührend« erfunden worden war.

Er musste seiner Nichte versprechen, sie zu besuchen, um ihre Bücher zu bewundern. Sie war begeistert von seinem Beruf und wollte auch Lehrerin werden, hatte von ihrer Mutter erfahren, dass man Cemal als Kind nie ohne Buch in der Hand antreffen konnte (auch wenn das übertrieben bis gelogen war und Selkan das gar nicht so genau wissen konnte), und das spornte sie seit ihrer eigenen Kindheit an. Tatsächlich war ihr Zimmer über und über voll mit dem geschriebenen Wort, ihr Vater hatte extra ein übergroßes Regal anfertigen lassen, damit ihre

Schätze alle Platz fanden. Ceyda erzählte Cemal von ihren Lieblingsromanen, die er alle nicht kannte. Es zeigte sich, dass sie Gedichte schrieb.

»Wow! Lies mir doch eins vor«, bat er.

»Es ist mir peinlich.«

»Sie sind bestimmt sehr schön!«

Ceyda schüttelte den Kopf.

»Okay«, sagte er, »dann bis ich wieder abreise, bis dahin liest du mir eins vor, ja?«

Sie nickte und lächelte noch mehr und ließ sich von ihm in die Arme schließen. Cemal fragte sich, ob Ekin ihr irgendwann ähnlich würde, konnte es sich aber nicht so recht vorstellen. Ekin war mit ihren vier Jahren schon haudegenmäßiger unterwegs als seine jugendliche Nichte. Babayiğit, dekolonial style.

In der Küche breitete Selkan strahlend die Arme nach ihm aus, nannte ihn Löwengeschwister und setzte ihm Tee mit Gebäck vor. Sie summte Musik mit, die aus dem Fernseher kam, wie ein Teenager ließ sie ständig Popmusiksender laufen, und sobald sie das Lied richtig wiedererkannte, sang sie mit. Wie beneidenswert fröhlich sie war. Vielleicht legte sie noch eins drauf, um ihn von seinem doch längst geschehenen, an sich bewundernswert undramatischen Trennungsdrama abzulenken. Oder sie war einfach nur zufrieden. Als sie sich ihm gegenüber an den Küchentisch setzte, hielt er es nicht mehr aus.

»Ist es nicht komisch für dich, so viel mit den Eltern zu tun zu haben?«

»Wieso?«

Er verstand die Gegenfrage nicht. »Weil sie dich bei Großmutter und Großvater abgesetzt haben, und dann war dein Leben in Deutschland wie ausgelöscht.«

Nun sah sie verständnislos aus.

»Mir geht es sehr gut. Meine eigene Familie habe ich, meine Kinder sind gesund, was denn noch.«

In ihrem Gesicht deutete nichts darauf hin, dass sie sich eine Bestätigung von ihm wünschen könnte. Sie brauchte das nicht, er sah es an ihrer ganzen Haltung. An diesem Abend kehrte er zurück ins Dorf mit dem Gedanken, dass es unglaublich war, wie treffend ihre Eltern Selkans Namen ausgewählt hatten. Als hätten sie in die Zukunft sehen können.

Der nächste Tag war ein Sonntag. Gül war mit Ekin für eine Woche nach Spanien in den Urlaub geflogen und hatte ihre Schwestern zur Unterstützung und zum Vergnügen mitgenommen. Cemal ging auf die Veranda, setzte sich auf einen der beiden freien Stühle neben seinem Vater und holte sein Telefon heraus.

»Hanım, komm, wir telefonieren mit Ekin«, rief Kadir leise und kratzig in eine Richtung des Hauses, in der er Nurcihan vermutete.

Sie kam langsam raus, war schon lange nicht mehr gut zu Fuß und setzte sich neben Cemal. Er fühlte sich wie ein Schulkind zwischen seinen Eltern, hoffte, dass Gül das Wissen darum höflich ausblenden und schnell als

Ekins Kamerafrau aus dem Sichtfeld verschwinden würde. Als sie es tat und Cemal daraufhin seine Eltern mit ins Bild holte, bahnte sich das pure Glück diesseits und jenseits des Äthers an. Winkende und lachende Menschen, einer davon sehr jung, zwei schon ziemlich alt und einer alters- und ratlos irgendwo dazwischen.

Sie legten auf und waren sofort wieder in der Stille, die Cemal noch so gründlich vom Bächleplatz erinnerte. Er hörte seine Mutter schniefen, konnte aber nicht zu ihr sehen. Kadir hörte es auch, denn er fing an zu sprechen.

»Sehr verändert hat sich das Dorf, nicht wahr? Aber diese Erde ist immer noch deine Erde. Diese Erde war immer deine. Rahmetli, deine Urgroßmutter, sagte das so, als wir nach Deutschland gingen.«

»Das ist richtig«, flüsterte Nurcihan.

»Hättest du sie doch nur kennengelernt. Sie ist so alt geworden, aber auf dich konnte sie nicht warten.«

»In ihren letzten Tagen war sie wie entrückt«, sagte Nurcihan. »Aber ich war es auch, denn es waren ja auch die letzten Tage vor deiner Geburt. Es war schwer auszuhalten in der Hitze, und einmal bin ich sogar in Ohnmacht gefallen. Ich dachte, ich sterbe. Als ich aufwachte, waren alle bei mir: deine Schwester, deine rahmetli Großeltern, deine rahmetli Urgroßmutter. Rahmetli Süleyman babam ließ uns alleine, und ich erinnere mich: Selkan legte sich neben mich und hielt meine Hand. Es war eine Wärme, die guttat, trotz all der Hitze. Rahmetli Cevhere annem strich mit der Hand über mein Haar, als wäre ich ein Kind. Dann sagte sie zu Selkan: Komm, mein Lämmchen, wir gehen raus. Jetzt setzte sich rahmetli Süveyde nene neben mich. Sie sagte: *Du musst keine Angst haben, der Tod ist nur eine Wiederholung. Siehst du, ich habe doch auch keine Angst.* Ich wusste ja nicht, dass ihre Zeit fast gekommen war, und sie sagte es nicht. Sie sagte:

Ich bin oft gestorben, zuletzt in diesem Leben.

Natürlich hatte ich davon gehört, alle im Dorf kannten die Geschichte. Aber seit ich sie kannte, hatte sie nie davon gesprochen. Kadir bey, hat Rahmetli je etwas zu dir darüber gesagt?«

»Nein«, antwortete Kadir. »Aber ich hatte es von meiner Mutter gelernt. Meine Mutter war vielleicht fünfzehn Jahre alt, als Süveyde nene plötzlich starb. Im einen Moment stand sie noch draußen vor dem Haus, sah in die Ferne, wie sie es manchmal tat. Und im nächsten lag sie leblos auf dem Boden. Mein Großvater, Yakup, war verzweifelt. Es war so plötzlich, es war nicht zu begreifen. Ein Arzt kam und konnte nichts tun. Familie kam und tröstete meine Mutter und meinen Großvater. Es sprach sich sofort herum. Cemil mein Sohn, du weißt, dass unsere Toten sofort beerdigt werden müssen. Aber bei meiner Großmutter war das unmöglich. Ständig kamen Leute, um sie noch einmal zu sehen. Sie wollten sichergehen und sich verabschieden. Die eine Person im Dorf, die sich an ein früheres Leben erinnern konnte und deswegen sehr geduldig mit allen Menschen war: tot. Sie war sehr gläubig und sah in ihren Träumen die Schicksale der Menschen im Dorf. Sie half ihnen. Verstehst du, sie war sehr beliebt.«

»Aber sie hat sich nicht beliebt gefühlt, richtig«, sagte Nurcihan.

»Richtig«, sagte Kadir. »Sie sah es nicht, weil sie zu sehr mit ihren eigenen Gedanken beschäftigt war. Sie wollte immer mehr tun. Sie wollte die inneren Gebete unbedingt lernen. Du verstehst den Unterschied, oder, zwischen dem Inneren und dem Äußeren?«

»Nicht richtig«, gab Cemal zu.

»Wie auch immer. Die inneren Gebete eben. Sie wollte sogar, dass meine Mutter sie lernte, aber das war noch unmöglicher, als dass sie selbst sie lernte«, sagte Kadir und machte eine Pause, um mit seinen zittrigen alten Händen eine Zigarette aus der Packung vom Tisch zu holen. Cemal war unentschlossen, ob er das Feuerzeug aufgreifen und sie ihm anzünden sollte. Er tat es nicht, und das war die richtige Entscheidung, sein Vater ließ sich nichts von seinem Ritual nehmen.

»Kadir bey, verlängere nicht das Wort«, sagte Nurcihan, »der Junge wartet, dass du weitererzählst.«

»Hm«, machte Kadir und inhalierte den Rauch tief, atmete gelassen aus. »In Ordnung. Wie auch immer, sie war plötzlich tot und konnte zwei Tage nicht beerdigt werden, weil ständig neue Leute kamen, um sich zu verabschieden. Mein Großvater war zu traurig, um sie abzuweisen. Sein Vater wiederum versuchte, die Leute wegzuschicken: Ihr könnt ihr bei der Beerdigung die letzte

Ehre erweisen! Aber die Leute baten und beharrten. Es war Winter, die Menschen kamen durch die Kälte aus allen Richtungen, es war ein großes Dorf. Am zweiten Abend war offensichtlich: Morgen muss sie zur Erde gebracht werden. Aber in der Frühe kehrte sie zurück. Sie wachte wieder auf.«

»Was war passiert?«

»Sie war gestorben, aber es war noch nicht ihre Zeit.«

Inzwischen war es dunkel geworden, Cemal hatte vergessen, wie kurz die Sommertage im Dorf waren. Die Mücken machten sich allmählich bemerkbar, und so räumte man die Stühle auf der Veranda beiseite und ging ins Haus.

Im Wohnzimmer hing über dem Fernseher neben vielen kleineren Bildern ein großes gerahmtes Foto von babaanne und dede, das zur Mitte der Neunziger hin entstanden sein musste. Irgendwas zwischen Schnappschuss und angekündigtem Auslösen. Sie sahen darauf älter, aber noch nicht richtig alt aus. Mit Sicherheit waren sie jünger als Kadir und Nurcihan, die gerade beide in die Küche gingen – sie, um Tee zu kochen, er, um ihr Gesellschaft zu leisten. Cemal lehnte sich an die Wand und schloss für einen Moment die Augen. Es musste sich schlimm für babaanne angefühlt haben, die Mutter so jung zu verlieren. Obgleich es nur für diese wenigen Tage war. Er selbst hatte ab dem Zeitpunkt, als Kadir und Nurcihan ihn nach Deutschland brachten, sehr bewusst schreckliche Angst vor dem Verlust seiner Eltern. Vorher, als er streng genommen ja schon im Verlust lebte, war die Vorstellung, sie könnten für immer von der Erde verschwinden, viel zu unwirklich, um ihn nachhaltig zu erschrecken. Aber als er sie wiederhatte – annes beständige Umtriebigkeit in der Wohnung sehen und sich dadurch nie allein fühlen, von babas riesiger rauer Hand abends zugedeckt werden und dadurch selbst im schwäbischsten aller Winter nie frieren –, nahm das Formen an, was er verlieren könnte. Und er erinnerte sich. Babaanne hatte ihm gesagt: »Ehre deine Eltern, solange sie da sind. Ich habe als Kind einmal meine Mutter verloren und war sehr traurig. Aber ich hatte Glück und bekam sie wieder.«

Sie erzählte auch davon, wie ungewöhnlich oft Gäste zu ihnen kamen und mit ihrer Mutter sprechen wollten. Manche hatten in einem Anfall von Tollkühnheit die Sterne im Himmel gezählt, Flecken an den Händen bekommen und wünschten sich nun von ihr, dass sie sie wegbetete. Manche suchten Zuflucht vor der Welt und brauchten deswegen ihre Gebete. Alle, die kamen, schätzten ihre Gesellschaft.

»Dein Großvater kam auch einmal«, sagte babaanne mit einem amüsierten Blitzen in den Augen. »Er sagte, er wolle einen Traum mit ihr besprechen. Aber eigentlich kam er, um mich zu sehen. Er war sehr verliebt in mich.« Sie lachte zufrieden.

»Mein Sohn, bist du schon müde«, fragte Nurcihan, als sie mit dem Teekessel ins Zimmer kam, hinter ihr Kadir mit einer riesigen Schale voll Obst.

»Nein, Mutter, ich habe nur kurz die Augen zugemacht.«

»Nun geh doch schlafen, wenn du erschöpft bist.«

Sie schickten ihn allen Ernstes ins Bett wie einen kleinen Jungen.

40/

Seit Kurzem hat Cevhere das Bedürfnis, nachts zum Schlafplatz von Mutter zu gehen und zu prüfen, ob ihre Brust sich noch hebt und senkt. Seit sie vor einigen Wochen gestorben und wiedergekommen ist.

An jenem Tag hatte Cevhere ein Gespräch zwischen ihren Eltern gehört. Es ging dabei um sie selbst, wieder einmal. Ihre Eltern haben, seit sie sich erinnern kann, nie viel gesprochen. Deswegen ist es immer auffällig, wenn sie mehr als ein paar Sätze miteinander wechseln. Und wenn ihre Tonlagen dabei dunkler und leiser werden, erst recht. Das hat Cevhere schon gelernt, als sie noch sehr jung war. Vor etwa fünf Jahren gab es eine Zeit, als ihre Eltern das jeden Tag taten, häufig in den frühen Morgenstunden. Cevhere vermutete, dass es etwas mit ihr selbst zu tun hatte, aber was war es? Dass Mutter und Vater in wenigen, schnell gesprochenen Worten über dieses Geheimnis stritten, dauerte vielleicht einen Monat, vielleicht länger an. Irgendwann wurde es still, aber nicht nur morgens, sondern immerzu. Cevhere war damals nicht klar, worum es ging, es war auch nicht wichtig, denn sie beobachtete und verstand etwas viel Größeres: Mutter liebt sie so sehr, dass sie ihr alles ermöglichen, sie aber zugleich auch vor allem schützen will. Für sie gibt es keine Gegebenheiten, keine einzelnen Dinge, es gibt nur alles. Sie schließt die ganze Welt in sich ein, und das macht wahrscheinlich ihre Gutherzigkeit aus. Cevhere weiß, dass Mutter keine schöne Zeit in diesem Haus hatte, bevor Cevhere selbst geboren wurde. Mutters Schwägerinnen waren nicht freundlich zu ihr, sie fühlte sich sehr allein. Aber nachdem sie mit Cevhere schwanger gewesen war, fing sie an, in ihren Träumen Dinge zu sehen. Sie sah jeden einzelnen Bräutigam für jede ihrer Schwägerinnen. Sie sah ein trockenes Jahr, das die Orangenernte zerstören würde. Sie sah Krankheiten, Tode, Geburten, Hochzeiten. Oft sprach sie nicht darüber, aber ihre Augenfarbe veränderte sich ein wenig, wenn sie etwas gesehen hatte, und so erkannte man es, wenn man aufpasste. Weil sie immer die Wahrheit sah und sprach, wurden Cevheres Tanten allmählich zu Mutters Freundinnen. Doch als sich für eine nach der anderen das ihr Zugeteilte erfüllte und sie das Haus verließen, hatte Mutter wieder nur Cevhere, ihr Kind.

Als Cevhere klein war, nannte Mutter sie immer: Mein Lämmchen. Manchmal sagt sie es noch, aber es scheint mehr ein Versehen zu sein. Es ist in Ordnung – Cevhere ist ja auch nicht mehr klein, sie ist bald alt genug, um zu heiraten, und sie hat auch schon jemanden gesehen, von dem sie hofft, dass er es wird. Mutter hat diesen Wunsch bestimmt schon aus ihr herausgelesen, so, wie sie sie immer durchschaut. Und wenn ein Wunsch schon lange da ist, so wie bei Cevhere, wird er ohnehin irgendwann so groß, dass er nicht mehr zu übersehen ist.

Es gibt da also diesen Jungen, und bevor Mutter starb, machte Cevhere sich große Sorgen, wie Mutter mit dem Alleinsein zurechtkommen wird, wenn Cevhere ihn heiratet.

Aber dann starb Mutter, ganz plötzlich, und Cevhere hatte gar keine Gedanken mehr. Da war kein Junge mehr, an den sie dachte, oder irgendetwas anderes. Nur Taubheit. Sie setzte sich neben den kalt gewordenen Körper und stand zwei Tage nicht auf, bis ihre Tanten sagten, es sei nun Zeit für die Waschung des Leichnams vor der Beisetzung. Sie wuschen sie, und Cevhere achtete darauf, dass ihre Tränen nicht auf Mutter fielen. Sie hüllten sie in ein weißes Tuch, Cevhere beugte sich am Ende nochmals über sie, wollte ihre Hände und ihr Gesicht küssen, aber alles war ihr unheimlich.

Und dann wachte Mutter auf.

Sie fragte nicht etwa: »Was ist passiert?«

Sie sagte einfach: »Ich war in der anderen Welt, aber jetzt bin ich wieder hier.«

Sie sah in Cevheres Augen und sagte: »Ich bleibe, mein Lämmchen, hab keine Angst.«

Obwohl Mutter immer die Wahrheit sagt, kann Cevhere sich nicht helfen: Seit Kurzem hat sie das Bedürfnis, nachts zum Schlafplatz von Mutter zu gehen und zu prüfen, ob ihre Brust sich noch hebt und senkt. Nachts ist es sehr schwer zu schlafen. Ihre große Angst davor, in einer Welt ohne sie aufzuwachen, lässt erst morgens ein wenig nach, wenn Cevhere Vater beten hört. Denn, so denkt sie sich, würde er morgens neben einer Toten aufwachen, könnte er nicht in seiner normalen ruhigen Stimme beten. Es ist eine aus dem Nichts geholte Begründung, aber es hilft ihr. Manchmal kann sie sogar ein wenig schlafen, so beruhigt ist sie in diesen Momenten. Und darauf wartet sie nun.

Sie hört Geräusche des Wachwerdens, schlurfende Schritte durchs Haus, ein Gang zur Wasserpumpe, dann Stille. Jetzt kann sie sich beruhigen. In wenigen Momenten wird Vater mit dem Gebet beginnen. Sie schließt die Augen. Sie hört eine Stimme, aber nicht Yakups, sondern Süveydes. Vielleicht ist es die Schlaflosigkeit, die Cevhere sich nicht mehr selbst trauen lässt. Sie steht auf und geht die zwei Schritte zu ihrer Tür, öffnet sie leise. Mutter führt das Gebet an, rezitiert, und Vater tut es ihr gleich.

41 /

Die Plüschtiere haben von Ekins zu Cemals Zimmer eine Spur gebildet. Das erste ist noch vor ihrem bunten Bücherregal zu Boden gegangen, weil Ekin mit dem nächsten spielen wollte. Dieses wiederum wurde im Flur fallen gelassen, weil das Abendessen fertig war. Das dritte wurde nach dem Zähneputzen aus dem Rucksack geholt, um mit ihnen zusammen auf dem kilim im Wohnbereich sitzen zu können. Seit gestern Abend liegen die Sachen bereits auf den Holzdielen verteilt herum. Zunächst, weil Cemal den didaktischen Anspruch hatte, dass Ekin ihren Kram selbst wegräumt, was sie nicht tat und wofür er wie immer eine Deadline bis zum nächsten Morgen setzte. Und nun, weil er in der Nacht diesen Traum von babaanne hatte, der ihn schon den ganzen Tag in eine Abwesenheit zwingt, für die er noch nicht den Ausschalter gefunden hat.

Es ist Vorlesezeit. Cemal hat höchstens drei Sätze gelesen, als Ekin die Idee kommt, dass zur Abwechslung mal sie vorlesen könnte. »Dann kannst du dich ausruhen,

Papi. Hier, halt mal Cici.« So hält er an einer Seite den Oktopus und an der anderen Ekin, hat den Arm um sein Herz gelegt und hört dabei zu, wie das Kind eine extrem niedlich gezeichnete, aber leider auch extrem langweilig getextete Geschichte teilweise aus der Erinnerung, teilweise aus vorgelesenen Fragmenten und teilweise neu zusammengedichtet vorträgt.

Hin und wieder gibt er staunende Publikumsgeräusche von sich, was Ekin zum Glück schon reicht. Denn zu behaupten, Cemal sei ein wenig abgelenkt, wäre die Untertreibung seines Lebens. Zuletzt hat Süveyde ihn ignoriert, und dann hat sie Cevhere geschickt. Vielleicht wird er sie nie mehr wiedersehen, vielleicht hat sie ihm jetzt alles gezeigt, wie sie es versprach, vielleicht gab es einen Abschied, den er nicht begriffen hat, es wäre nicht der erste, den sein Verstand nicht als solchen erfasst.

Im Gegensatz zu Ekin wurde ihm in seiner Kindheit nicht vorgelesen. Abends brachte dede ihn mit einem Gebet ins Bett, morgens hatte er die Träume, die babaanne aus ihrem Schlaf herübertrug. Sie überlegte, wen sie gesehen hatte, und behielt die Handlungen der Person für sich. Aber das Träumen brachte sie fast immer dazu, eine Geschichte über diese Person zu erzählen. So erfuhr Habib, dass ihr Vater Yakup im sel, der Überschwemmung, umkam. So erfuhr er, dass sein eigener Vater alle paar Tage im Dorf anrief, als Cemal noch ein Säugling war, und dabei so häufig weinte, dass der Dorfvorsteher trotz allen

Mitleids irgendwann genug von seinen Anrufen hatte. So erfuhr er, dass Süveyde lange vor der Heirat ihrer Tochter wusste, wer der Bräutigam würde, und dass sie ihr das Geheimnis dieses Wissens erst nach der Hochzeit verriet. So erfuhr er, dass seine Urgroßmutter die einzige Frau im Dorf war, die so betete wie die Männer, auch wenn er keine Ahnung hatte, was das bedeutete. Ähnlich wie das schiere Aufzählen von Personen für Cevhere genug Spuren aus ihren Träumen in die Realität zu legen schien, waren auch ihre Geschichten nie vollständig. Immer nur ein Bildausschnitt aus einem größeren Geschehen.

Ekin ist an seiner Seite eingeschlafen. Er nimmt sie auf den Arm und macht auf dem Weg in ihr Zimmer albern langsame Bewegungen wie ein Stummfilmkomiker, um sie nicht zu wecken. Neben ihrem Bett steht ein neues Nachtlicht. Nachdem er sie zugedeckt hat, macht er es an. Sterne werden in den Raum projiziert, reflexmäßig fällt ihm ein, dass er sie nicht zählen sollte. Vielleicht dichtet er Ekin morgen früh zur Geschichtenzeit etwas über das Dorf zusammen. Einfach ein bisschen was davon, wie der Himmel dort in der Nacht aussah. Wie er ungetrübt von hohen Häusern und Straßenlaternen Himmel sein konnte und den Menschen zur Belohnung seine Lichtkörper zeigte, den manchmal so nahen und hellen Mond als Geschenk, damit man sich nicht verirrte, wenn man sich nachts ein Glas Wasser holte oder das Pferd in der Scheune besuchen ging. Dieses Wasser, von dem niemand nach auch nur einem Schluck noch behaupten könnte, dass es nicht gut oder, noch ungebührlicher, nach nichts schmeckte. Ein Wasser, das unzählbar viele Leben in sich barg und immer noch Raum für mehr bot, ein Wasser, das deine Seele beruhigen konnte, obwohl es nur eine Kleinigkeit war.

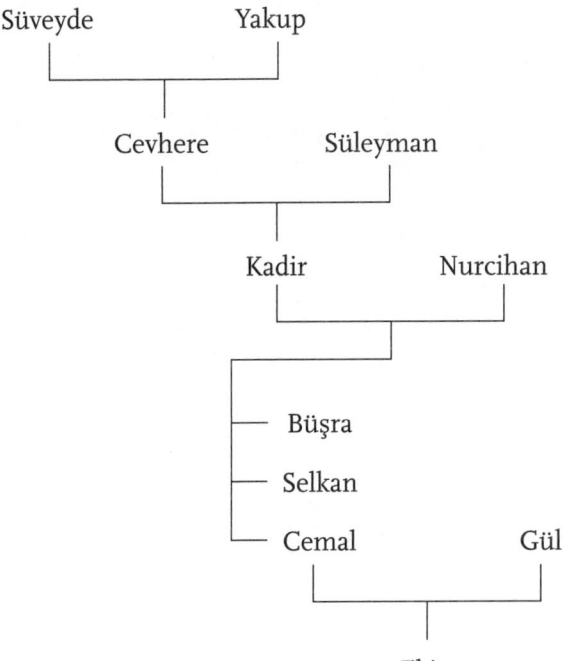

MUSIK IM BUCH

Teil 1/

Anderson .Paak: *The Season/Carry Me* (aus: *Malibu*. Steel Wool Records, 2016)

Red Hot Chili Peppers: *Can't Stop* (aus: *By The Way*. Warner Music, 2002)

Selda Bağcan: *Selda* (Türküola, 1976)

Cem Karaca: *Nem Kaldı?* (Yavuz Plak, 1975)

Queens of the Stone Age: *Suture Up Your Future* (aus: *Era Vulgaris*. Interscope Records, 2007)

Tonis Maroudas: *Arapina* (aus: *I Varka Gyrise Moni* (Recordings 1952–1958), VintageMusic.gr, 2012)

Freddie Gibbs: *Big Boss Rabbit* (aus: *$oul $old $eparately*. Warner Music, 2022)

Rick Moranis, Ellen Greene: *Suddenly Seymour* (aus: *Little Shop of Horrors*, 1986)

Teil 2/

Black Milk feat. Dwele: *2 Would Try* (aus: *Fever.*
Mass Appeal Records, 2018)

Barış Manço: *Benden Öte Benden Ziyade* (aus:
Müsaadenizle Çocuklar. Emre Grafson Müzik, 1995)

Yasiin Bey (Mos Def): *Supermagic* (aus: *The Ecstatic.* Downtown Music, 2009)

Yasiin Bey (Mos Def): *Zimzallabim* (aus: *The New Danger.*
Rawkus & Geffen Records, 2004)

Muazzez Ersoy: *Severek Ayrılalım* (aus: *Nostalji*, Vol. 2. Poll
Production, 1996.
Original von Orhan Gencebay, aus: *Bir Teselli Ver.* Istanbul
Plak Ltd., 1973)

2Pac: *Death Around The Corner* (aus: *Me Against
The World.* Interscope Records, 1995)

Chief Xian aTunde Adjuah (Christian Scott a Tunde Adjuah):
West of the West (aus: *Stretch Music.*
Ropeadope, 2015)

Teil 3/

Yasiin Bey (Mos Def): Workers Comp. (aus: *The Ecstatic.*
Downtown Records, 2009)

Queens of the Stone Age: *Go With the Flow*
(aus: *Songs for the Deaf.* Interscope Records, 2002)

Barış Manço: *Sarı Çizmeli Mehmet Ağa* (aus: *Sarı Çizmeli
Mehmet Ağa.* Emre Grafson Müzik, 1993)

Rick Ross: *Hustlin'* (aus: *Port of Miami.* The Island Def Jam
Music Group, 2006)

Teil 4/

Gaye Su Akyol: *Yıllar Yılan* (aus: *Deverle Yaşıyorum.* Olmadı Kaçarız, 2014)

Orhan Gencebay: *Hatasız Kul Olmaz* (aus: *Hatasız Kul Olmaz*. Kervan Plakçılık Kasetçilik, 1976)

Teil 5/

Nirvana: *Come As You Are* (aus: *Nevermind.* Geffen Records, 2011 (remastered))

Childish Gambino: *Zombies* (aus: *»Awaken, My Love!«*. McDJ Entertainment, 2016)

Common: *The Light* (aus: *Like Water For Chocolate.* Geffen Records, 2000)

Altın Gün: *Cemalım* (aus: *On*. Les Disques Bongo Joe, 2018. Cover der Version von Erkin Koray, aus: *Gönül Salıncağı*. Özmüzik, 1987.
Original von Ürgüplü Refik Başaran: *Şen Olasın Ürgüp*, vgl.: Şen Olasın Ürgüp. Kalan Ses Görüntü, 2001)

Evidence: *I Still Love You* (aus: *The Weatherman LP.* ABB Records, 2007)

Teil 6/

Solange: *Rise* (aus: *A Seat at the Table.* Columbia Records, 2016)

Verzeichnis der Abdruckrechte

Aufgrund ausbleibender Rückmeldungen konnten bis zum Zeitpunkt der Drucklegung nicht alle Abdruckrechte geklärt werden. Gerne ergänzen wir im Falle weiterer Auflagen.

Anderson .Paak: CARRY ME
Words and Music by Bill Withers, Anderson .Paak, Matthew Louis Merisola and Patrick Douthit
© Hard Working Black Folks BMI finder pub designee and Watch and Learn Publishing
Courtesy of Neue Welt Musikverlag GmbH
Words and Music by Brandon Paak Anderson, Patrick Douthit, Bill Withers and Matthew Louis Merisola
© 2016 WARNER CHAPPELL NORTH AMERICA LIMITED, IT'S A WONDERFUL WORLDS MUSIC, HITCO MUSIC, SONGS OF UNIVERSAL, INC. and KOBALT MUSIC SERVICES AMERICA, INC. KMSA
All Rights for IT'S A WONDERFUL WORLDS MUSIC and HITCO MUSIC Administered by BMG RIGHTS MANAGEMENT (US) LLC
All Rights for KOBALT MUSIC SERVICES AMERICA, INC. KMSA Administered by SONGS OF KOBALT MUSIC PUBLISHING
All Rights Reserved Used by Permission
Copyright © 1991 BMG Rights Management (UK) Ltd. and The End Of Music
All Rights Administered by BMG Rights Management (US) LLC
All Rights Reserved Used by Permission of Hal Leonard Europe Limited

Barış Manço: Benden Öte Benden Ziyade
written & composed by Barış Manço, Under Exclusive License by Universal Music Publishing Türkiye

Barış Manço: Sarı Çizmeli Mehmet Ağa
written & composed by Barış Manço, Under Exclusive License by Universal Music Publishing Türkiye

Gaye Su Akyol: Yıllar Yılan
Lyrics and music © Gaye Su Akyol

Nirvana: Come As You Are
Words and Music by Kurt Cobain
Copyright © 1991 BMG Rights Management (UK) Ltd. and The End Of Music
All Rights Administered by BMG Rights Management (US) LLC
All Rights Reserved
Used by Permission of Hal Leonard Europe Limited

Solange: Rise
Music & lyrics: SOLANGE KNOWLES, Troy Johnson
© EMI APRIL MUSIC INC./SOLANGE MW PUBLISHING/Margetts Road Music/Noni Zuri Music/Sony/ATV Tunes LLC
Mit freundlicher Genehmigung der Sony Music Publishing (Germany) GmbH und EMI Music Publishing Germany GmbH.

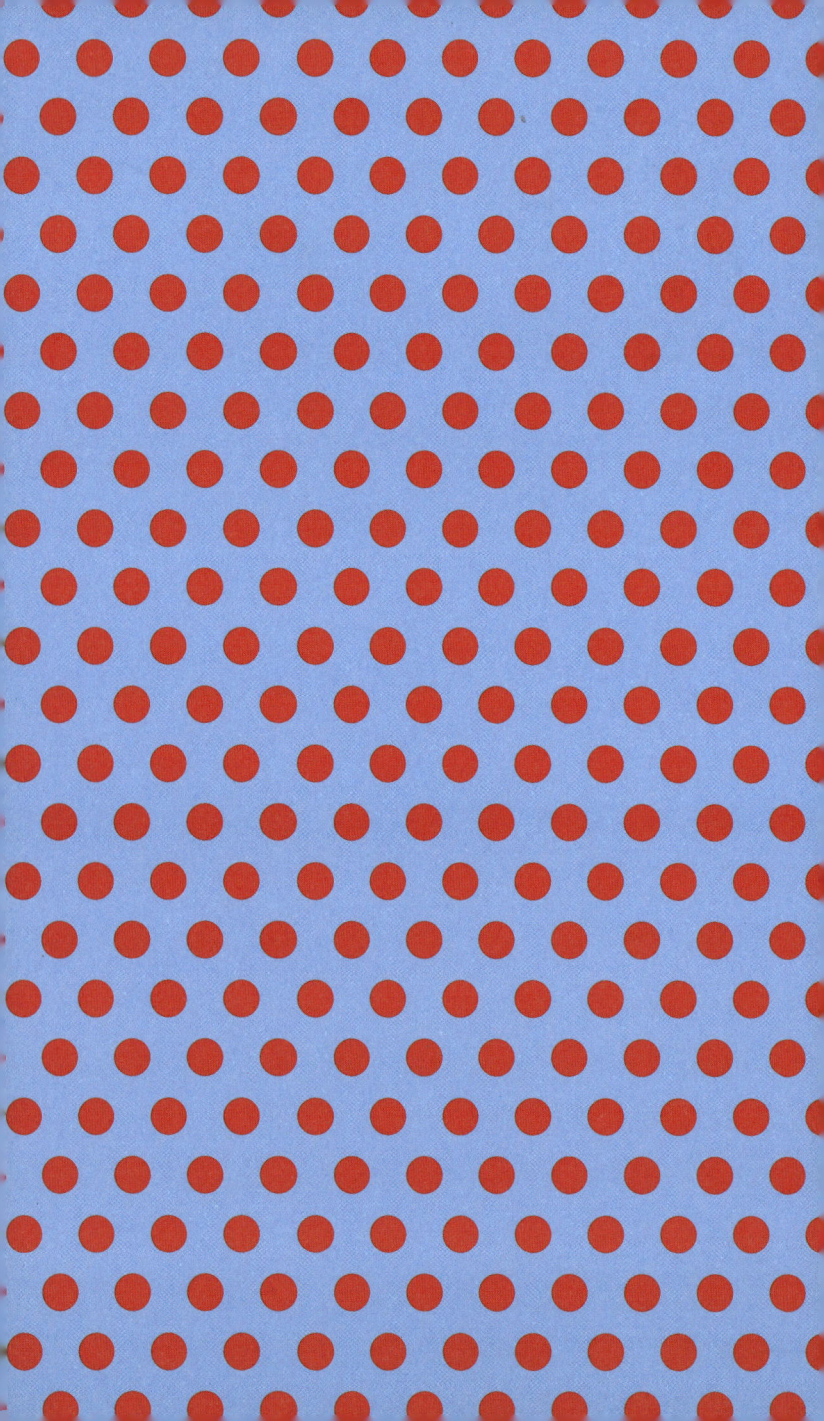